繁星书系

FanXing ShuXi

90后村官的田园牧歌

朱石萍——著

长江出版传媒 | 湖北教育出版社

目录

CONTENTS

初来乍到

我不会想到，我会写一本关于我在紫洪山村工作生活的书。在紫洪山村工作的这五年里，我陆陆续续用照片去记录我在这里的春夏秋冬。在第五年，我开始用文字去记录这五年的时光。

在这里生活的五年，是我人生中最快乐安宁的时光。这几年我习惯清晨被窗外大树上的花喜鹊叫醒，夜里溪水流淌在我的梦境里。这些都让我感到很安心。有时我回城里的家，反倒因为太安静而失眠，失眠的时候就想着，明天一定要回紫洪山村好好睡一觉！

紫洪山村是我的故乡，我出生在这里，最爱的奶奶也在这里，后来我随爸爸妈妈去了城里。大学毕业后，我再次回到村里。一踏上这块土地，就觉得天更蓝了，地更宽了，我就像一只回巢的小鸟。

进入紫洪山村的路上新竖起一块牌坊，由华侨捐赠修建，非常气派。一路上，两旁的路灯古色古香，配着青山非常好看。村里完全变了模样。村口的小溪边上建起了一座长廊，这是村民们夏日乘凉的好地方。大家边摇着大蒲扇，边谈天说地，直到星星、月亮也困了，人

才散去。

村口的菜市场被整治成一个现代时髦的“节庆广场”。广场上面竖着一台很大的电子显示屏，全天候滚动播放各类村务信息，如惠民政策、便民服务等，空闲时还会播放电影和戏曲。晚上，村民会来广场上跳广场舞，舞者年龄最大的有82岁，是个大肚子老爷爷，每天都来。领舞的是村支书的老婆，她是云南傣族人，天生会跳舞。她在台上跳，下面一群村民跟着学。这边跳舞那边唠嗑乘凉，是紫洪山村夏天的特色。

我家门口的变化也很大。开门见青山，山上竹林繁茂；环山溪流流过家门口，溪水潺潺。近年来，村里大力整治山村环境，这座山更美了。让我吃惊的是，我们村里居然也有了环卫工人。村里环境也比我小时候好了很多，路上再也看不见到处乱走的鸡鸭，道路干净，路旁风景宜人。溪水清澈，村民在夏日还会将瓜果浸在溪水里“冰镇”。

刚写完上面的文字，就发生了一件趣事。一位妇女抱着她的大胖孙子到我办公室来串门。村民到办公室和我们唠嗑是常有的事。她孙子一直盯着我看，想要我抱他，我抱住他之后他一直在我身上撒娇，非常可爱，我的心都要融化了。

在农村就是这样，一开始大家都不认识我，只知道我是谁的女儿谁的孙女。我对他们也不了解。但到现在，无论谁与我照面，都会喊我一声“石萍”。

记得我来村里报到的时候，是2018年8月底。我是下午从绍兴市的家里去的村委，换了两趟公交车。虽然紫洪山村是有着我的童年记忆的地方，但是我离开它太久了，再次回到这里，我觉得很陌生。

村委里我只认识妇女主任，其余人都不认识。我被请到了村书记的办公室，当时的王书记指着一旁帮我复印资料的文书说："以后这位就是你的师傅，你跟着他做事情。"师傅姓王，他待我很好。只要有师傅在，我办公室里就充满了爽朗的笑声。师傅说："你叫朱石萍，我们不能叫你小朱，因为小朱用绍兴话讲出来就是小鬼，不好听，就叫你小萍吧。"

之后王书记向我简要介绍了一下村里的大致情况，并对我未来的工作提出了要求和期望。我在村里工作前两年，王书记对我从不放心到肯定，再到逢人就夸我能干。我很感激他，因为前两年正是我深入农村最困难的时候，而他作为村书记一直肯定我、鼓励我、支持我。

我被安排的第一项工作就是给8月31日村里举办的义工活动拍照，并做好存档记录。即使是这样简单的工作，我当时也做得战战兢兢。穿梭在义工和村民之间，总觉得他们在用异样的眼神打量我，让我浑身不自在，我当时只想快些完成任务。而如今，和村民一起参加活动，让我感到乐趣无穷。

在村委办公室里，我坐在最后一个位置，大家都是集体办公模式。我有了属于自己的工位，工位上的电脑是支委王大哥换下来的，还有一台惠普的彩色打印机。因为我的工位挨着门口，还有村民开玩笑说："石萍，你是来村委当门卫的吗？"

早上八点上班，我一般七点半就到。从我家到办公室，走路只要两分钟左右。开头几天，我常常因太紧张而浑身难受，因为我要和比我大二十几岁甚至大三十几岁的人一起工作。我那几天一直在做心理建设，一直是非常矛盾的。同事也没过多地和我交流，现在想来，可能当时他们也不知道该怎么和我这个年轻人交流吧。还有一个原因，或许是他们不怎么会说普通话，而我也听不懂绍兴方言。离开老家太久，虽然是绍兴人，但是我并不会讲绍兴方言。

因为语言的原因，一开始闹了不少笑话。我师傅不太会操作电脑，一些事情需要我帮忙处理，他就开始用"绍普"和我交流，比如"瑞"

字读音是“ruì”，但是师傅的发音是“cái”，这导致我一直以为师傅说的是“财”字。因为这样的笑话闹多了，师傅就干脆写下来给我看。他的字写得很漂亮，龙飞凤舞，有时我看不懂，会去请教他这是什么字。

第一年的时候，我花费很多时间去做三件事情：第一，看懂师傅的字；第二，听懂并学会讲绍兴方言；第三，认识村里的每一个人。现在师傅的字和绍兴方言完全难不倒我，村里的每一个人，我也可以叫出他们的名字并且知道他们家有几口人、住在哪里。这种感觉让我很安心。

第一年我的工资不高，发工资那天，我心里有点失落，甚至还萌生了再回城里去工作的想法。但是过完春节，我就开开心心甚至满怀期待地回村里工作了。我也不知道为什么那时我为了工资难受，也不知道之后为什么又回到了村里。现在想来，我只能说紫洪山村需要我，我同样也需要紫洪山村。

室友阿潘

在村里五年，与我同住的是我奶奶，我很少叫她奶奶，我都叫她阿潘或者潘潘。奶奶姓潘，村里姓潘的都是我家亲戚。太爷爷年轻的时候，从鉴湖镇逃难到现在的紫洪山村，他有不少孩子，阿潘排第三。她经常和我说："奶奶小时候天天割猪草赚工分，其他弟弟妹妹都上过学，只有奶奶没有上过学，因为是大姐，需要照顾弟弟妹妹。"阿潘一生劳碌，她很能干，也很能吃苦。她的弟弟妹妹都团结在她周围。阿潘今年73岁了，她个子不高，皮肤黑黑的。

我和妹妹回忆儿时，记忆里只有一个人，就是阿潘。小时候我和阿潘一起睡，我一定是要搂着她的脖子才能睡着的，睡前我还会问她："你知道僵尸在哪里吗？"我喜欢闻阿潘头发的味道，只要枕着她的枕头，我就能安然入睡。

刚去城里念书的时候，我因为太想阿潘，常偷偷在课上哭，装病不上学，以为这样阿潘就会来看我。我常常数着指头盼望周末，因为只有周末的时候，阿潘才会来城里看我。那个时候我只希望时间变快一些，我要快点长大，长大后我要和阿潘住在一起。但是时间太快了，我长大了，渐渐就没那么依恋阿潘了。

就在我和阿潘渐行渐远的时候，我决定回村工作了。再一次回到村里的我，和当时离开的我已经完全不一样了。我和阿潘因为各自不同的生活习惯常常会发生争执。我是急性子，阿潘也是，两个急性子在一起肯定会冲突不断。我长大了，而阿潘变老了。头两年，阿潘不习惯家里有年轻人，而我也因彼此生活节奏不同常常和阿潘吵架。情绪激动时，我还会说一些伤害阿潘的话，哭着要回家。妈妈安慰我说："你小时候经常要回紫洪山村找奶奶，现在怎么不要了？"

我是爱阿潘的，为了和她和睦相处，我决定自己承担更多的家务活。家里买菜、做菜、洗碗、扫地，我一概揽下，阿潘喜欢去外面劳作，我也同意她去，但是会要求她早些回来，不能走太远。爷爷走后，阿潘成了我家的"老宝贝"，我们都尽量顺着她的意愿来。

别看阿潘是一个地道的农村老太，但是她挑食，她喜欢吃的菜很少。比如她不喜欢吃牛羊肉，鱼喜欢吃红烧的，鸡喜欢吃白切的，肉类最好是干菜扣肉或者是白切肉，蔬菜只吃小白菜，其他蔬菜都不吃。我总是说她：“太爷爷不是地主，你嘴巴倒是很挑剔，这个不要吃，那个不好吃。”

阿潘吃饭前还会喝点黄酒，只喝一点儿，但是每天都要喝，最近她的体检报告一出来，医生就让她戒酒，她就不怎么喝了。阿潘吃完饭要“洗嘴巴”，这是她说的，就是吃一点水果，把菜味“洗”掉。哦！阿潘吃饭时还要抱着一壶水，我从小也有这个习惯，吃饭的时候要喝水，爸爸就经常说我。我后来改掉了这个坏习惯，但是阿潘改不了，她喜欢一口饭吃完再喝点水，然后吃菜。

阿潘吃饭也很慢，她还爱“边走路边吃饭”。天气晴好时，她会端着饭碗在乡间小路溜达一圈，一边吃一边走，有时候吃完饭，人回来了，碗没有了，也不知道忘在哪里了。

阿潘爱种菜。她的菜地有集体分配的，还有她自己“开发”的。在农村有土便可种菜的道理，被阿潘发挥得淋漓尽致。

阿潘爱干农活，一米五的小个子总有使不完的劲，白天做完工的她，一回家就扛起锄头去地里。我闲来无事的话，也会跟着去。我印象最深的就是黄山头的菜地，那块菜地前有一座不知名的坟，坟上没有立碑，也不见人来清理。我爱跟来这边，一来是对这个坟墓感到好奇，二来黄山头上漫山遍野都是菜地，这里也是野果子、野菜最多的地方。

去菜地最好玩的就是“认菜”，一块块的菜地种着各种各样的菜，我走一块认一块：“芥菜、小白菜、萝卜菜——”不认得的小菜苗我

就问阿潘，阿潘总是得意地告诉我这叫什么、怎样做才好吃。

一到菜地，阿潘就忙着侍弄她心爱的菜，有时边弯腰拔杂草边和我说："今年萝卜也马上就可以吃了。"我到了菜地是无心听的，常一屁股坐在石头上，或发呆，或拿着小锄头百无聊赖地挖上几块泥土，看着阿潘打理她的菜地。

阿潘锄地是最有看头的，一锄头下去，泥土就像听了召唤一样一块块翻起来。见阿潘锄得那么轻松，我也要上手，阿潘叉着手说："来，侬来试试看。"嚯，我立马从石头上起来去锄地，没想到那锄头竟然那么重，仿佛我手上拿着的不是锄头而是"雷神之锤"。我好不容易抡起锄头锄地，那泥土也不听我的话，根本起不来。阿潘在旁边哈哈大笑，唤我让开："勠（fiào）捻个，勠捻个（绍兴话，不会弄的意思）。"我把锄头还给阿潘，继续望着一片绿油油的蔬菜发呆。

菜园总是治愈人的。尤其是到了深秋，一株株肥肥的上海青见了就可喜。打了霜的上海青，用水一焯，再浇上热猪油，就让人食指大动，入嘴甘甜满口，我敢保证这是你在城里市场买不到的口味。还有自家种的玉米，口感也大不一样，南方吃糯玉米偏多，阿潘种的玉米粒粒饱满，一口咬下去可以爆汁，我馋得咬上好多口，把嘴巴塞得满满的，一嘴的糯香。

现在入秋最期待吃的就是红薯，今年阿潘种的红薯命运多舛，还没等到成熟就被野猪拱了大半。阿潘可怜兮兮地愣是在地里坐着哭了一个傍晚，回来和我说："不得了了，不得了了，野猪吃了红薯。"害怕野猪又来，阿潘快刀斩乱麻，第二天就把余下的红薯挖了运回家。我挑出一些长相可喜的，放到空气炸锅中烤上半个小时，满屋子都是红薯的香甜味道。阿潘一口气吃上好几个，吃不够便还要再烤。

吃完红薯吃萝卜，夏吃豆冬吃萝卜。自己家种的萝卜，不要华丽的配菜，最简单的做法就是蒸着吃。中午一般只有我一个人，我便吃蒸萝卜，在饭屉上蒸上一碗萝卜，配料就是生抽和一点鸡精，如果家里有猪油就放点猪油，没有猪油就滴几滴香油。蒸好的萝卜油亮油亮，吃在嘴里清甜可口。

清蒸萝卜是一种吃法，还有一种是我最爱的鲫鱼萝卜汤，鲫鱼配上萝卜，鲫鱼都只能算是配角。阿潘做的鲫鱼萝卜汤是一绝，我每次要求她多放一点萝卜。鲫鱼我只吃肚皮，但是萝卜我全包了，奶白色的鱼汤更是鲜美。我喝过天南地北的好多汤，觉得都比不上家乡冬季的一碗鲫鱼萝卜汤。

阿潘种菜是出了名的“种一大块，收一箩筐”，但是阿潘常会善意地哄我说：“今年菜有了大收获，你敞开肚皮吃。”过几日，阿潘便会和我说：“没得吃了，没得吃了，雨水太大，菜都烂死了。”种菜就是这样，靠天吃饭，也靠着勤劳吃饭。我每次吃到好吃的菜时，和阿潘说这菜真好吃，阿潘总会一脸骄傲地说：“你以为我天天去地里为的是什么？”

每年到了播种菜籽的季节，她总是让我带她去萧山街的种子批发店，买上各种各样的菜籽。她还把菜籽放进冰箱里保存，家里的冰箱总有一格满满放着各种各样的菜籽，也不知道什么时候拿去种，也不知道什么时候换了新的。

房前屋后，阿潘一时兴起，也会播撒菜种，

今年，阿潘种上了我爱吃的香菜，还种了秋葵、韭菜花。春夏日，常有蝴蝶栖在家门前的菜花上，阿潘说这也是村里的风景线呀！阿潘的身上自带“土腥味”，手上也总是沾着泥土，这大概是她爱土地，土地也爱她吧！

我和阿潘在一日日磨合中渐渐相处融洽，互为依靠。每日我负责做菜，她就来吃。我们两人坐在一起吃饭，她说一些她做小工时遇到的有趣的事，我告诉她白天村里发生的事情。今年开始，我周四、周五晚上开始去村外的兴趣班兼职。周四上完课，我九点半左右才能返回村里。我开车到村口，就看见打着手电筒的阿潘迎上前来。她总是在村口等我。黑夜里听到她趿拉着拖鞋的声音，就觉得很温暖。

周五，我回城里的家，晚上阿潘会给家里打电话，开头就会问一句："石萍在吗？"挂完电话，我和妈妈说："我不在，奶奶也很冷清的。"好在今年阿潘学会了刷抖音视频，给她的老年生活增添了一点乐趣。每晚我都会听见她对着抖音视频学戏。我好希望时间永远留驻，而我的奶奶也可以一直在我身边。

身兼数职

你问我在村委到底担任什么职务，说真的，我一时还答不上来。我总是开玩笑说自己是“打杂”的。你问我在村里做什么事情，我只能回答你，做的事如天上的星星一般多。村委是基层组织，基层干部所做的也是最具体、最细致、最烦琐的工作。我一面要对接上级部门，传达上级文件精神，落实上级工作要求；一面又要处理村民遇到的各种问题。每日总是在匆忙和充实中度过。

说说关于我工作中的一些有趣的事吧。

我常说我是“紫洪山村野生摄影师”，这让我很自豪。在我没来村里之前，我们村级面貌就连一张像样的照片都没有。在2018年11月，我拍了一张村口的千年银杏树的照片，将它发到了网上。这张让我“出名”的照片，被《柯桥日报》的记者发现，印在了《柯桥日报》上，还是头版头条，照片底下还备注有“摄影：朱石萍”。这是我的名字第一次出现在公众视野里。而更令我激动的是，照片见报后，很多游客来村口的千年银杏树下“打卡”，紫洪山村也被更多人知道。这对我的鼓舞很大。从那

天开始，我在工作之余，就去村子里拍照。因为出过一次“名”，记者报道我们村时都直接联系我拍照拍视频。还有街道的公众号也多次使用我的照片，给紫洪山村开设专栏。

我不仅拍村里美景，还拍村民晒的笋干、做的茶叶。有时候她们从山上背下一根毛竹，我也拍。村民种的菜、晒的鳊鱼都变成照片，被我留存下来。所以我说自己是野生的摄影师，

也是紫洪山村专属摄影师。

我还有一个意想不到的职务——“修手机高手”。我从来不知道自己还有这项技能，只要村民拿过来的手机，我大多能修好。即使修不好的，我也总能给他们一些实用的建议。我最初修的是老年机，那种手机又厚又重，有些按键里面积满尘土，还有一些破损的地方用胶布缠绕着。村民手机没声音了、不显示时间了、电话拨不出了等，他们都急匆匆来村委找我。周末还有一些上门来我家的，我也都不拒绝。

后来，村民们都换成了智能手机。老年人用智能手机刷抖音、发微信时，会遇到很多问题，比如用流量刷抖音被扣了很多话费，但不知道原因，他们会拿来让我查清楚，遇到这种情况时，我尽量和运营商公司死磕，争取让它返还老人们被扣的话费。为了惠及村民，村委商议后在村口的廊桥给村民提供了免费 Wi-Fi，我给他们一一连上后，他们会在廊桥上刷抖音看新闻。

还有一些老年人的智能手机是孩子们换下的，有很多垃圾广告会跳出来，他们看到一些“免费领红包”“千元手机免费拿”的广告，都会来村里问我，我告诉他们：“这些都是假的，骗人的。你的手机‘生病’了，我只能先帮你暂时清理，如果还有这种垃圾广告弹出来，你再来找我。”

还有一件趣事，村里的一位华侨回村，遇到了一笔港澳汇款到账后，却不知道钱去哪里了。他拿着手机嘴里念着“找石萍找石萍”，径直往村委走，我正要出去，与他碰上，我问他：“你要去村委吗？”他说：“你认识村委里一个叫石萍的吗？”我笑了，说：“我就是。”他说：“我手机搞不明白了，村里人说让我去找石萍。”他的蹩脚的绍兴话让我很有印象，我就在村口帮他解决了手机问题。就这样，我渐渐成了村里的“修手机高手”。

我还给村民提供上门服务。上门服务的工作也很特别，有一项是帮他们查监控，这个职务我想不到名字，暂时叫“监控调查员”吧。

有些村民家里会装监控，有些是子女装的，大多是装来防贼的。印象很深的一件事是，我去两户村民家查看监控，他们两户是对头，因为一点矛盾，都装了监控，但都不会查看。他们两人分别来找我帮忙查看监控。我在他们两家查看监控的时候，他们都向我倒苦水，这让我如坐针毡。等查看完监控，我跑出他们家门时深深呼吸，手心里全是汗，那是在冬天。

还有一次，村里的王老爷子在家想看一下自己家新装的监控效果如何，但是一直连不上画面，火急火燎来村委把我叫走。其实关于监控设备我懂得也不多，我“维修”靠的都是生活经验。我到王老爷子家后，摸索着查看监控，一开始也是摸不着头脑，一边查手机现学，一边现场操作，终于查出是宽带问题。我连忙帮老爷子联系移动公司让他们尽快修理宽带，好让老爷子放心。过了两三天，王老爷子眉开眼笑到村委和我说：“可以了，可以了，你真是聪明，就是宽带出了问题，移动公司一来就弄好了。”老爷子特意来村委谢我，让我觉得很不好意思，这只是很小的事情。

除了做“维修小帮手”，我还是很多村里老年人的“老师”，说自己是老师有点厚脸皮。我有一位特别的“学生”——王师傅，他常来请教我电脑操作上的相关知识。他学习起来很用心。我晚上散步的时候，他遇到我，总会请我去家里教他操作电脑基础软件。他戴上老花镜，右手生疏地握着鼠标，非常认真地按我教的去操作。他家的电脑应该是他儿子换下的，反应很慢。为了缓解尴尬，他总会给我拿出一些小零食。在电脑上发电子邮件对于我们年轻人来说是轻而易举的事情，但是对于老年人绝非易事，好在王师傅学得很认真，我教起来就很轻松。王师傅学会发电子邮件后，第一封发出的邮件就是给我的，一句“石萍，有你真好”，字少情重，让我有种在教师节收到学生亲手做的贺卡一样的感觉。

我还有一个“有趣”的职务是村内宣传员。村里有政策，上级有新规，我靠着晚上散步的时候，都一一“散布”出去，让村民可以了解政策。有时候我会把这些文件或者新规打印出来张贴到村里布告栏内或者发放到村民手上，广场的电子屏幕上也会滚动播放重要的文件政策，总之，让村民收到一手的政策信息也是我的工作。我还找来几个老村民，帮我一起“散布”政策信息。只要有新政策，我就先一一通知他们，他们知道了，基本上整个村子的人就都知道了。我觉得每个村都不能少了这些“大嗓门”村民。

在村里，我还有一个特殊身份——自封的“紫洪山村”首位文创开发者。我每到一处地方旅游，都会被当地的文创产品所吸引。作为村里的“年轻血液”，为紫洪山村定制一款独具特色的文创产品便成了我一个小小的心愿。

起先我找淘宝印刷店，用自己拍的照片做过一些紫洪山村的明信片，将它们寄给了我全国各地的朋友，我总是想让更多人了解到紫洪山村的美。

从去年开始，紫洪山村与之江学院的学生开始结对帮扶，陆陆续续有大学生来村委调研。在一次与学生的交谈中，我说起想做文创的想法，马上激起了学生们的兴趣，我说现在文创最火的就是集章，我想做我们紫洪山村的集章。集章投入成本不高，但是可以吸引一大批年轻人来，这样我们就可以通过年轻人媒介推广紫洪山村。而且紫洪山村可以做印章的地方不少，我们可以把印章放在每一个有特色的台门内，

给游客一个寻宝集章的玩法。我一个人滔滔不绝地讲着，我明白我没有能力去设计印章，我只能把我的想法说给学生们听。讨论结束后，我又将大量的紫洪山村各处风景照片推送给学生。我以为我这个想法又是一个泡沫，可是没想到，学生们真的做出来了印章，一套有九个，紫洪山村的特色台门和银杏树都被刻在小小的印章中。

学生们还给我寄了满满一箱子的印章，印章到手后，我连忙联系我的集章好友们，请她们来集章，并且我还发动她们在网络上推广我们村的集章活动。小小的印章实现了我的紫洪山村的文创梦想。

村里的工作就是这么琐碎，这么有意义。当我每帮村民解决完一件事情的时候，即使没有一声谢谢，我也觉得今天又是我在紫洪山村度过的美好的一天。我帮村民们多了，不管在哪里，路过照面，他们都会喊我一声“石萍”，或者和我笑一笑，这就是我帮了他们而赢得的尊重吧。

家乡年味

腊月二十四，闻着妈妈做的大锅鲞冻肉的香味，我觉得我应该写一篇关于紫洪山村的年味文章。住在城里时，觉得过年是冷清的，是麻烦的。回到紫洪山村后，我被奶奶过年的仪式感吸引，倒是期待过年。奶奶守旧，对于过年还是保持着最传统的仪式。

我家的过年气氛一定是从小年夜开始营造的。按这里的习俗，小年夜那天，灶神要上天回家，向天上的众神汇报我家的情况。奶奶在祭祀的时候会把我们家的情况一一禀报给灶神。

送灶神算是我家一年中比较大的祭祀活动，祭祀灶神的菜也是有要求的，最有特色的一道就是八宝菜，这是小年夜必做的菜，是用萝卜、腌菜、千张丝、豆芽煮的一锅带汤的菜。还有红薯和年糕，年糕上面一定要撒点红糖。祭祀菜品都准备好之后，厨房就不能再有声音，更不能动菜刀。奶奶会叫我们一个个在灶神画像前叩拜。叩拜完之后，奶奶把灶神画像往背后一翻，那个时刻我总会激动不已，心里还会有小小的不满："连灶神爷爷都放假了，我还要上班。"

过了小年夜，入冬之后，村民们准备的酱鸭、鱼干等年货就会被一一拿出来用作祭祀或端上餐桌。在农村，人们为新年准备年货是很积极的。从冬至开始，村口的流动市场就被村民们围得水泄不通。鱼摊和肉摊更是。

奶奶每次去完菜市场，就说："鳊鱼那么贵，还有那么多人抢着买，根本买不到。"鳊鱼干是这里的酱制特色，寓意也好。买了鱼买了肉，家家户户就开始晒年货，鱼干、酱鸭、腌肉都按照各家喜欢的口味做。

这个时候村里走街串巷的叫卖声也比平时多了，最多的就是收鸭毛、鹅毛、乌龟壳。家家户户都杀鸭，鸭毛都会被攒起来卖掉。乌龟壳收去是做药引子，可以卖到十元一个。

冬日暖融融的太阳一出来，每家每户的酱货都会被晒出来。走过村子，总会看见有几条鱼被挂在树上，有几只鸭被挂在电线杆上，满条路都是酱油香。或许城市靠灯笼烘托过年气氛，而农村就靠酱货来昭示着过年。

酱货只是奶奶过年仪式的一个"前菜"，她每年都执着于做一道菜，就是鲞冻肉。鲞要买白鲞，绍兴人爱吃鱼是出了名的，春夏秋冬吃法都不一样，到了冬天吃鲞就多了。而做鲞冻肉一定是要在祭祀灶神过后，白鲞和肉都是祭祀完剩下的，白鲞很大，已经被压得很扁，用剪刀就可以剪开。肉是元宝肋排，祭祀用的肉都有好听的名字，要讨个好彩头。

每年做鲞冻肉，奶奶负责烧火，烧火时她总会想起以前的苦日子，每年都要把那些苦日子和我们说一遍。我听得最多的就是“小年买的肉，要吃到元宵后，出了白花（发霉）热一下再吃”。我就说这样很不卫生，奶奶激动地反驳我：“你们现在是不愁吃穿，以前只有春节才可以吃到肉，其他时节都是吃红薯和萝卜，肉出了白花也舍不得丢的，一块肥肉油锅里擦一下，炒出来的菜都很香。”

我问奶奶：“为什么一到过年你就要做鲞冻肉，这是有什么寓意吗？”奶奶说不上来，只是说：“村里世世代代都这样传下来的，我只是照做。”或许很多习俗都说不上由头，但是奶奶常怀着端敬的态度一丝不苟照做。

除尘也是一项年前大工程，除尘不是随便

哪天都可以开始的，奶奶会拿出老黄历让我查看，选好日子才可以动手。我喜欢看奶奶清洗那些老物件，尤其是家里还保留着一套老式雕花木柜，这台木柜是榫卯结构的，没有一个螺丝钉，有时间的光泽流淌在上面，我们都用来放碗或者一些干货。每年奶奶都要把它大卸八块拆下来清洗，洗完之后再组装。奶奶手笨，到了装这台老式木柜却一点都不笨了。装柜子费时间，但是奶奶说这个柜子是必须要洗的。定是又有什么老说法才让奶奶那么执着。

到了大年三十这天，各种传统习俗活动纷至沓来。一早奶奶会叫我们起床，上午要去买菜，准备下午祭祀用的食材和晚上的分岁宴（年夜饭）。按照奶奶的说法“三十夜吃，正月初一穿”，我们家人都无比重视三十的年夜饭和正月初一的穿衣打扮。大年三十的分岁宴是重头戏。大年三十也是祭祀祖先的大日子，在祭祀前要先换好春联和灯笼。爸爸负责贴春联，我和妹妹打下手，家里逢门必贴。对联的字奶奶说一定要金色，看上去喜庆。但是她不懂，其实现在黑色字体的对联更显大气，不过我们都听她的。

奶奶说家里红红一片贴满，故去的爷爷回来也高兴。祭祀祖先时，我们都相信爷爷会回来，就在我们身边静静看着我们。每当这时，奶奶会有些伤感，嘴里也会念叨，念叨的内容无非是希望爷爷保佑我们。

大年三十夜里开始，家里便不再扫地，即使扫地也不再把家中的垃圾扫出门外，这是奶奶再三叮嘱的，叫作“积尘”，寓意来年有余。

这天我最喜欢看奶奶在大灶上点盘香。只要到年三十，那个大盘香就会出现，大盘香从年三十开点，可以烧到初八，寓意“盘进”，就是来年可以多多盘钱。

如果说年夜饭是大多数地方大年三十最后的活动，那在紫洪山村肯定不是。这里的最后活动就是气氛异常静穆严肃的年末点香。

没回村里之前，我是不爱去的，香味刺鼻，又要等到半夜才去。夜里又很冷，因此我是抗拒的。回村之后，奶奶一直劝导我，年末点香祈愿祖宗保佑，寓意家里和睦，全家去才有意义，每次都只有老爸和她去，她觉得祖宗会不高兴。奶奶一再殷勤相劝，我也只能答应。连续好几年我们全家都去，妹妹在白天就会问："姐，晚上的点香你去不去？我最喜欢去了。"

午夜时分，路灯都灭了，万物静寂，只听见村巷深处的狗吠声。我们全家全副武装出门，爸爸负责抱着大香，我和妹妹提着小灯笼。妈妈和奶奶捧着小香和蜡烛，这些都是奶奶年前采买好的。走在村路上，道旁草木深郁，月亮挂在树上，小溪潺湲流淌，村里屋舍灯火隐显，寂无人声。奶奶规矩多，一路上不让我们发出声音，哪怕有过路村民，也只轻轻打招呼，不多说话。

夜里走路总觉得一点点路要走很久，到了村口商庙，早有人赶早点了头香，庙门是不开的，只有蜡烛台放在外面，没人管，村民自己点自家的蜡烛。点香也有规矩，不乱插也不能破坏其他人的香。奶奶和妈妈负责点小香和蜡烛，爸爸负责点大香。大香有一人高，香上有盘龙浮雕还有金红彩绘。看见这个大香，你不得不赞叹民间艺术真是巧夺天工。这香一般人点不了，爸爸人高马大，得举起来好一会儿，才把香点燃。祭拜得先朝东拜再按顺时针转一圈，全家人都一样的动作，但是心里的祈愿是不一样的。点完香，这才算是一年完完整整地过完。

春节期间，走在村子里，处处都洋溢着一种热闹、喜庆的氛围。虽然人们嘴上会抱怨做客麻烦、春节费钱，但是抱怨中，人们的嘴角总是带着满足的笑意。一年到头，村民最期待的还是春节，农村也总是年味最浓的地方。在外的年轻人回来，紫洪山村也与往日不同，更有了生气。

你们，常回来

平日里，紫洪山村老人比年轻人多，这里的年轻人一部分去了外地打工，一部分在市区安家，平日里回来也不多。

村里的老人们最盼望的就是春节，为游子收拾房间，晒洗被子，准备年货，数着归期盼望他们回来。

紫洪山村最热闹的时候就是春节期间了。一批批的游子返乡归来，紫洪山村的热闹从白天持续到晚上，紫洪公路会出奇地堵车。到了晚上，一声声的爆竹声打破山村的宁静。

我们家也只有在临近过年的时候，才会热闹起来。平日里只有我和奶奶，小年夜之后，爸妈回家，烟火味也就更浓。我常和奶奶说："你是幸运的，平时有我陪着你，你也不至于冷清。"住我家屋后的金兰公公，长年只有夫妻俩在家，儿子和儿媳一直在外打工，只有年底才回来。

金兰公公总是独来独往，从不与人主动打招呼。我每天总能看见他一个人在村里散步，散步的背影有时伴着晨曦，有时映着月色，早已被镌刻成山村一景。金兰公公每天看电视时都会把声音开得很大，在我家都可以清清楚楚听见。后来我才知道，金兰公公把电视声音开大，是不想让家里显得那么冷清。夏日，金兰公公一把躺椅一把蒲扇，从傍晚一直躺到深夜。他仰着看星星，我趴在窗口看着他，心里空落落的，大概我见不得老人孤独的模样。

我想以前我不在家时，爷爷奶奶也是如此吧。临近春节，金兰公公也会去菜市场采购年货，鱼干、酱鸭样样都不落下。金兰公公的老伴大美婆婆会拿出大被子，铺在地上，开始缝被子。这样缝被子的场景，我小时候见过。大美婆婆赤脚趴在被子上缝缝补补，把盼儿归来的心意都缝在这被子里。我家也是，每年春节前爸妈快回来时，奶奶就会把房间打扫出来，把被子在暖烘烘的太阳下晒得香喷喷的。返乡的游子一盖上这样温暖的被子，就觉得这才是回家了。

春节里，在外的游子一批批返乡，一辆辆外地牌号的小轿车开回村里，每每这时，各家的老人脸上都笑开了花。紫洪山村最热闹的一天是大年三十，每家每户灯火通明，我和妹妹喜欢赶热闹，吃完年夜饭就下桌，喊上邻居小伙伴，就去村里闲逛。当然闲逛的不止我们三人，还有那些一年回来一次的游子，都站在溪边，聊聊各家趣事。

从城里回来的天真儿童，一到了农村就如脱缰的野马，嗅到了原野上大自然的气息，欣喜、兴奋不已。他们平时在城市买不到烟花也不能放烟花，这次趁着佳节良辰，叫上小伙伴一起到野外去放烟花，噼里啪啦的，把过年的气氛马上就烘托出来了。

黑狗家的烟花，每年都是紫洪山村春节里最热门的话题，他家会花好几万买奇巧各异的烟花。只要他家开始放烟花了，村民们会奔走相告，正在屋里烤着炉火和亲朋闲谈的村民也被拉到屋外村道上，金兰公公也会出来，站在自家门前。大家一起仰头看着夜空升起的绚丽烟花，无论男女老少的眼里，都闪着亮亮的光。

烟花散后，村子里渐渐岑寂下来，年轻人大多回了温暖的屋里。金兰公公仍会在外面站很久，和几个老村民一起聊天。可能老人们都想在热闹的时刻里多流连一会儿，不喜欢曲终人散，孤寂独处。

初七之后，紫洪山村渐渐变回了原来的样子。金兰公公的儿子是初十走的，老两口送儿子一直送到村口上车为止。我奶奶看见老两口送儿子回来时寂寞的身影，不无感慨地和我说："你看，儿子走了，把热闹也带走了。"我和奶奶趴在窗口，看着金兰公公家半开的门，心里说不出是什么滋味，奶奶也难过。

奶奶送我妹返回城里时也要难过一场。妹妹念高三，春节一结束就回学校，大概半年都不回奶奶家。妹妹走的那天早上，奶奶会把妹妹喜欢的所有早饭都做一遍，让她选着吃。而妹妹在整理东西的时候，总是忍着泪，一直和我说："姐，你在家里一定要照顾好奶奶。"妹妹上车前和奶奶说："我去念书了。"奶奶含泪点头，不停挥手，车开远了，奶奶就擦着眼泪说"想想就想哭"。她回家后不停地拜着灶神，希望保佑妹妹学习上进。我一直不敢想，之前我们不在家，奶奶是多么冷清和寂寞，庆幸现在每日我可以陪着她。

人老了之后，总是会觉得冷清，但是为了不麻烦儿女，往往独自住在村里，而和儿女相聚的时刻就像春节燃放的烟花，很热闹、很绚丽，但是转瞬即逝。儿女们离去之后，看不见背后老人的眼泪，他们投入新的打拼中，而老人们开始新一年对新年的期盼……我总希望，在外的紫洪山村的年轻人，可以常回来。

小桃源里的幸福生活

再次读陶渊明的《桃花源记》，读到“土地平旷，屋舍俨然，有良田、美池、桑竹之属。阡陌交通，鸡犬相闻。其中往来种作，男女衣着，悉如外人。黄发垂髫，并怡然自乐……”忽然心有戚戚然，文字所描述的景象不就是当前的紫洪山村吗?

紫洪山村有田园美景，有巍峨青山，有茂林修竹，有淙淙清泉；村民们生活富足，安居乐业，怡然自乐，病有所医，老有所养。村里上了年纪的人，常爱忆苦思甜，来村委办事的时候总是忍不住说上两句：“现在的日子在以前想都不敢想，像做梦一样。”

以前，村民们日夜忙碌，还食不果腹。户户都会养猪养鸡养鸭，天没亮就要背上竹篓上山割猪草，白天上山砍柴，下田种地，晚上还要去田里浇水。奶奶常说：“以前吃萝卜吃到伤心。”萝卜是成本最低的东西，也不用太花心思去照料，萝卜丝粥是当时村民们的日常主食。奶奶说：“你小舅公每天上完学回来，一揭开灶台大锅盖，看见是萝卜丝粥就号啕大哭，我只能劝他，多少吃一点，不然下午上学就没力气了。”

现在，家里种的萝卜是喂鸡的，奶奶和她的同辈人再也不用那么辛勤劳碌来养活家里人。村里的土地被流转征用，老人再也不用下田种稻、晒谷。现如今年老的村民们拿着两千元左右的退休金，再也不用为生计烦恼。节约了一辈子的老人或者说吃了一辈子苦的老人，也会拿着钱到市场里买些自己爱吃的。

每逢传统节日，村委就会组织老人们到老年食堂包粽子、做汤圆、包饺子。村里现在是有老年食堂的，老年食堂也是居家养老照料中

心，村里的老年人在这吃饭，只要7块钱就可以吃到一荤一素一饭。老人们经常说："我家里开个煤气都要七块钱，有了这食堂，真是给我们很大的便利。"食堂还提供送餐服务，对于卧病的老人，只要打个电话就可以送餐。

现在村口还有卫生院，卫生院的尹医生医术高明，他了解所有村民的身体情况，是紫洪山村村民最信任的人，村民有点小毛病就去找他。尹医生对待病人很有耐心，对于常年有高血压的村民，他会定期打电话请他们来卫生院测量血压。村民们感激不已："以前哪有这么好的政策，都只知道埋头干活的，自己身体什么情况，只有生大病了才知道。"

"乡村振兴"惠及了亿万农民，也给紫洪山村村民带来了满满的幸福感。很多惠民政策给村民提供了很大的便利。村委提供存取款机，村民的退休工资一到账，村民就纷纷来村委取钱，稳定的收入给了村民一定的生活保障，村民来取钱时，脸上的笑容怎么也掩饰不住。

村民们的物质生活富足了，精神生活现在也越来越丰富。紫洪山村改造了节庆广场后，白天锄地、做工的农民一到晚上就聚集在广场上，跳起了激情洋溢的广场舞。他们的舞姿谈不上多优美，但是每个舞者脸上都有着发自内心的喜悦。现在，紫洪山村广场舞成了村民们每夜的固定项目，已成为这个小山村的一道亮丽的风景线。

村民们也爱看戏。我对小时候的露天戏曲记忆犹新，那时只有村里的有钱人家办大事时，才会请来戏班子。戏台子是临时搭建的，有空地就搭，顾不上周围环境，村民来看戏都是自己拿着板凳抢位置看，先到先坐前面，而我们小孩子是不需要位置的，到了唱戏时，几个小孩就在戏台子底下结伴玩耍，不怕生的小孩还敢爬到后台去看演员们化装。2013年时，紫洪山村建了文化礼堂，从此紫洪山村就告别了露天戏台。村委经常联系上级宣传部门，让他们帮忙请戏剧演员下乡来为村民们表演。更令人开心的是，每年固定会有戏曲送下乡，幸运的话，我们村还能分到小百花曲艺团的戏曲。村民们看戏再也不用抢位置，大家有序落座，舞台很大，坐到后面一些的也看得清清楚楚。一台台戏曲送到村里，给村民的生活增添了不

少趣味。要是一段时间文化礼堂没安排戏曲表演了，他们还会问我：“石萍，什么时候再安

排一场？”

戏曲是村民的精神食粮，无论电视多么好看都替代不了。我觉得，村民对文化活动表现出日渐浓厚的兴趣，归根到底是物质生活富裕了，而村委也因地制宜地推进乡村文化建设，让传统文

化滋养村民的身心。

紫洪山村是兰亭街道下辖古村落，而兰亭是名声在外的书法圣地，因而，千年来书法这一文化根脉在这个小山村绵延不绝，村里写得一手好书法的村民不在少数。为了给热爱书法的村民创造一个交流、学习书法的平台，更为了在紫洪山村营造浓郁的书法氛围，让村民们人人能拿毛笔，过年时家家户户能贴上自己写的春联，村委常会举办一些与书法相关的活动，比方邀请老年大学的书法老师来村里进行书法讲座，举办写对联公益活动等。村里在村口新建了一座亭子——紫洪亭，亭子有一面靠着大白墙，看上去不太美观，村委就号召擅长书法的村民在墙上题字，村里的王老爷子立即提上毛笔，在白墙上笔走龙蛇，一手龙飞凤舞的好字让这面大白墙变得雅致不已。每次有游客路过，都会驻足观赏，啧啧称赞。

今日的紫洪山村不仅是让人流连忘返于其山水画卷、淳厚乡风的现代小桃源，还是很多人梦开始的地方……

一缸芥菜

紫洪山村的春天是被一筐筐芥菜打开的。芥菜是在春天收获的蔬菜，也是陪伴绍兴人一生的食物。单说芥菜应该有不少人会觉得陌生，但是一说到干菜，我想人们都会想到“梅干菜扣肉”。我也想不明白，芥菜长得那么丑，像一把把镰刀，割回家放在家里还有一种难闻的气味，可它居然还可以变成像梅干菜或咸菜这样的美味食物。

奶奶种了很多芥菜，到了二月开始收割，拿回家洗干净。二月的溪水还是很冷的，奶奶在溪水里洗芥菜，手冻得麻木，但心里是高兴的，从这也能看出芥菜在奶奶这个老绍兴人心里的地位。芥菜刚割回家时是绿色的，有一股涩味，要先放一放，等叶子变黄了才可以切，要切成差不多三厘米的长条。当然这个是看个人的，有些人喜欢短一些，有些人喜欢长一些，全凭个人喜好。切完芥菜后，将芥菜和盐一起放在盆里开始揉。揉是很费力气的，揉过的芥菜才会和盐亲密无间地融合在一起，最后就是将芥菜全部倒入大缸里腌制。腌制时，奶奶往往会拿出她收藏的古董石头压在缸里，好让芥菜出汁。用不了多久，芥菜会在缸里慢慢变成美味的咸菜。

咸菜酸酸咸咸的，到了春天，炒菜时只放一点咸菜，整个菜都会变得很下饭。咸菜黄了可以食用的时候，山上的冬笋也会变多。老爸从对面山上几分钟就可以挖下来一颗包裹着泥土的冬笋，和咸菜、罗汉豆一起炒出来，整个厨房都溢满了春天香甜的味道。

我家做艾饺就得放点咸菜，味道极好。咸

菜可以放很久，奶奶每年都会从大缸里挖出腌好的咸菜，放在罐子里储存起来，可以吃上一年，想吃的时候随时可以吃到。但是咸菜吃了容易饿，咸菜下了肚，好像可以把肚子里的油水刮干净一样，明明吃得很饱，但是过一会儿就饿了。所以不敢多吃，它也只能作为配菜里的小惊喜。

咸菜出缸之后就得晒，晒的工具也是独具

地方特色的竹制工具，叫“垫”（绍兴话），家家户户都有。晒咸菜很有意思，一张张摊满咸菜的垫铺在地上，从上往下看去就像一张张画布，这是紫洪山村春天才有的光景。

碰上谁家晒咸菜，热情的主人往往会送上一袋，拿回家炒菜，给无趣的嘴巴增加一点儿味道。吃来吃去，各家味道都有点差别，我还是最喜欢吃我家晒好的咸菜，我们又叫它芥菜干。芥菜干是“靠天吃饭”的食物。每次到了晒咸菜时，奶奶夜里要爬起来好几次看星星，以此来辨别第二日天气是否晴朗。如果遇到连日下雨、返潮的日子，咸菜只能铺在家里，铺久了，咸菜开始发霉腐烂，那前期的一切工作都白费了。有一年，奶奶的一缸芥菜就坏了，只能运到地里去做化肥。

芥菜干在我心中的地位很高。在我们这里，生病感冒没胃口时就喝芥菜干汤。我感冒味觉丧失的时候，唯独奶奶煮的芥菜干汤，我吃得出味道，落到胃里就舒坦。夏天，奶奶在外面工作，天气热，最解暑的还是芥菜干汤，她拿芥菜干汤当茶喝，这也是她的本事。早上的蛋炒饭太干，我们就习惯喝芥菜干汤。芥菜干在很多紫洪山村人尤其是在外游子的心里，不仅仅是一种食物，更寄寓着浓浓的乡愁。

以前紫洪山村穷，穷乡僻壤，村里很多人都不得不到外面谋生，要出远门的他们携带的包裹里一定有一罐芥菜干，一来路上可以下饭吃，二来在外吃不惯，就靠这个芥菜干过日子。从紫洪山村出去的人，现在大多都定居在香港，我们管他们叫香港老板。他们发达后，为村里做了很多公益事业，包括我念的小学，也是他们捐赠的。早年他们从香港回村，是村里的大事。村里人就为他们准备家乡菜接风洗尘，将芥菜干扣肉、丝瓜芥菜干汤、笋干烧肉这些菜往桌子上一端。大口吃下这些家乡味道，在外游子便觉得这才是回家了。

现在，每年三四月，村里总有村民来找我帮忙寄快递，寄的都是芥菜干，虽说只是最平常、最不起眼的小小芥菜干，但在游子心里便是无上的美味，因为是家乡的风味。今年属于芥菜干的季节又要到了，家里那缸芥菜正在被压出汁，在外的游子是否也惦记着三月春天的家乡味道?

讲解员日常

担任紫洪山村讲解员，我是被赶鸭子上架的。以前的紫洪山村是没有讲解员的。随着国家乡村振兴的政策落实，政府大力发展乡村旅游产业，紫洪山村风景秀美的名声在外，游客和调研团队越来越多，村书记便决定让我来担任讲解员，我自然心里发怵，担心自己无法胜任。村书记看出了我的畏难、胆怯心理，贴心地为我指派了一个师傅——指导员。她先为紫洪山村写了一份讲解稿，再手把手地教我怎样声情并茂、流畅简洁地为游客介绍紫洪山村。她带队讲解的时候，我总是跟在后面拍照、学习。

记得中国银行党组织来我们这里开展清廉建设活动时，我第一次正式担任讲解员。他们来之前，我不断给自己鼓劲，我跟着指导员看了那么多、学了那么多，到紧要关头我总能应付过去的。我是成年人，内心多胆怯都不能表露出来，也不能让书记知道我不想接手，这样显得我很没责任感、上进心，抱着这样的心情我第一次作为讲解员为紫洪山村“冲锋陷阵”。

上“战场”前，我花了大概一周的时间背讲解稿。我记性不好，那几天到深夜了还在背稿子，白天我就让奶奶点评。奶奶听不太懂普通话，但是她提的建议很中肯，她总说："你语速太快，要慢慢地讲。"书记看出我的焦虑情绪，他安抚我说："你放心讲，讲错了也没关系，改过来就是了。"反倒是真到了讲解的那天，我不紧张了，心情居然无比轻松。中国银行那时候来了六十多人，全是年轻人，浩浩荡荡的队伍。我带领着他们从村口的老银杏树开始讲起，一直逛遍了整个村子。全程下来，书记一直陪在我身旁，银行的领导也很和气。讲着生我养我的紫洪山村的"前世今生"，我无比放松，心里也一直有一股热流在涌动，因为我是多么爱这片土地啊！事后我心里就想，我前几天真是过度焦虑了，这是很简单的一件事呀，我做得不是得心应手吗？第一次的讲解经历让我现在想起来都很激动。迈开了第一步，后面就顺利多了，村委和指导员也放下心来大胆撒手，让我冲。

说说让我"一举成名"的一次讲解经历吧。大概是2021年中秋节刚过，我一回村就被告知绍兴市委书记要来紫洪山村参观调研，我立马告诉我们村书记："我无法胜任这个任务，还是让街道一级的讲解员出面讲解吧。"但是村书记告诉我，街道书记指名要我讲解。我当时的心情五味杂陈，这虽然是一次很好的锻炼机会，但是我怀疑自己的能力，担心自己讲解不好而给紫洪山村丢脸。

就在巨大的压力下，我几天几夜埋头准备稿子。让我焦虑不安的日子终于到了，当天我穿上久违的白衬衫，扎上利落的马尾，佩戴上党徽。从下午一点多，街道书记和村委主要领导都已经在村口等候着，我一个人在角落紧张地跺脚。街道书记看出我的紧张，喊我过去，安抚我："别紧张，我们都在的。"那一瞬间我浑身充满了力量，觉得不是自己一人在战斗。全程讲解下来，我背上全是汗，手心也一直冒汗。好在市委书记给我一种很亲近的感觉，一直和我说："你讲吧，你先走，你带头。"这些亲切、充满信任的话语，让我紧张的情绪也烟消云散，到后面我讲解越来越自如，状态越来越好。

这次活动结束后，电视新闻和微信公众号

放了我为市委书记讲解的照片，我的朋友、亲戚都拿着照片来“认领”我。我师傅也难得地夸赞我：“你这次讲得非常好，举手投足都非常得体，你果然是我们紫洪山村的代言人。”还有村民看了新闻，特意跑到村委里来表扬我。这次“成名”后，村里大大小小的讲解我都无法推辞，如果一推辞，他们就说，你都可以为市委书记讲解，那还有什么能难住你呢？

也正是这次讲解活动，让更多人看见了紫洪山村，之后有不少新闻媒体和教研团队来到紫洪山村。这次讲解当然也让领导关注到了我。我一个“三脚猫”讲解员被点名代表兰亭街道去参加一个宣讲比赛，我向奶奶自嘲道：“草根讲解员要走上舞台啦。”

初赛时，我拍摄了一段自己穿着旗袍在紫洪山村讲解的视频，由于视频声音是画外音，我总觉得不协调，觉得大概率不会被选上，因为优秀的人实在太多了。但是没想到，我接到了入选的电话，我不知道该高兴还是该悲伤，高兴是因为我的努力没有白费，悲伤则是因我悲观地想到自己会输得很惨。好在工会领导一直鼓励我，还帮我找了一位专业讲解员，教我比赛技巧，帮我修改稿子。我现在回想起来也很感谢这些帮助过我的人。那次比赛我得了三等奖。其实我是不满意的，我有好胜心，可是回头静下来想，这是我第一次参加那么大型的比赛，锻炼和经验就已经胜过了名次。对了，这个比赛，全柯桥区当时只有两个村级单位进入决赛，而我代表的紫洪山村是其中一个，当时知道这个消息的时候，我无比自豪。比赛的时候组委会还做了海报，当我看到海报上写着“紫洪山村朱石萍”的时候，我想哭。

翻看一篇篇讲解员日记，回忆起一次次的讲解，从一开始的胆怯到现在的自如，我真的很感谢一路走来给予我鼓励和帮助的各位同事和朋友。现在的我享受观察团离开时满意的笑容，也享受把紫洪山村的故事一句句讲给他们听。或许他们以后在某个时刻会想起，有一个村叫紫洪山村，那里有个讲解员。

爷爷与银杏树

爷爷从哪里来，我知道得太少了，只听奶奶说起是从绍兴城里来的。银杏树什么时候在紫洪山村的，我也不清楚，只是小时候见到这棵老银杏树就觉得是回家了。

爷爷姓朱，他的姓在村里是外姓，村里没有这样的姓。银杏树是公的，从来不结果子，五公里外的张村有它的“伙伴”，是母的。

爷爷个子不高，话很少，说话声音也不大，不爱发脾气。银杏树很大，树干有七八层楼那么高，历经数千年风雨，仍枝繁叶茂，像擎天柱立在村口。

爷爷是铁矿工人，我很小的时候爷爷就已退休在家；爷爷热爱紫洪山村，后半辈子大部分时光就待在紫洪山村；爷爷在家门口晒太阳，最远就是去花街市场剪头发。村里人叫爷爷“福田老板”,小时候问爷爷为什么他有这样的称号，爷爷只是笑笑，并不回答我。后来我才知道原来爷爷是退休工人，那个时候的退休工人是很威风的，村民们便戏称他“老板”。

银杏树在我小时候，一点也不出名，没游客，其下来来去去的只是村里人。现在银杏树变成了网红打卡地，四季都有中外游客慕名而来。

紫洪山村人叫银杏树都是叫白果树。小时候我在村里小学上课，老师会带我们几个小孩去抱白果树，要七八个小孩才可以抱住，老师还会见机出几道数学题。抱树活动每一届的学生都会轮到，这几乎成了紫洪山村小学的传统。

爷爷很会讲故事，夏天我喜欢躺在藤椅上，听他讲故事，后来我再也没听过这么好听的故事。他的故事开头永远都是一句“罗地末”（绍兴话为“很久很久以前”），牛鬼蛇神从爷爷嘴里讲出来变得一点都不可怕。

到了夏天，在白果树底下纳凉的人就多了，它就像大伞一样，挡住夏日的炎热。坐在树下，白果树会轻轻给我们扇风。我喜欢去它下面的溪里淌水，那里是我们村一群孩子的秘密基地。

爷爷永远坐在客厅的一个角落里，瓜子、花生放在桌上，茶杯里泡着奇奇怪怪的东西，他喜欢泡橘子皮和茶叶。罗汉豆是他的最爱，他永远边吃豆边打瞌睡。

白果树就一直在村里，它的寿命已有1600年，我不敢想它经历了多少次狂风暴雨，多少次兵燹之祸，人们说它是谢道韫逃难到紫洪山的时候亲手种下的，东晋到如今，一年又一年，这棵树一直见证着紫洪山村人的生老病死。

爷爷一直生病，糖尿病是他的“好朋友”，拜糖平是我从小听到大的药。爷爷记性不好，常忘记吃药，经常要催。但是吃了药，他也是一直病恹恹的，一年去一次医院，医生都喊爷爷“老朋友”。

白果树也生病，前年它的叶子变得很小很稀疏，专家一看，说是沥青路面导致白果树营养不良。树是村里的“传家宝”，不能倒下。村民马上挖掉沥青，铺上营养土。下一年，银杏树终于恢复了健康，到了秋季，又是满树金黄，绚烂夺目。

爷爷最后的五年在床上度过，时常望着窗外的风景出神。他常年不下地的脚日渐萎缩，我看着都心疼。那是肉眼可以看见的衰竭。他极少说话，我们问他才回答，我问得最多的就是：“爷爷，你觉得无不无聊？”他总是摇头。

回到村里我才发现，长着瘤的树根不见了。小时候我和小伙伴还常在上面爬来爬去，后来问了村里人才知道，为了美化环境，村里砍掉了露在外面的树根。被人砍掉树根，白果树一定觉得痛。

爷爷离世是在一个银杏落叶的季节，那天村里做大戏，戏台搭了一天，是建村以来最大

的戏台。我忙了一天回家，奶奶告诉我说：“爷爷快不行了，去看看他吧！”那天爸爸飞快地开车接回妹妹，一定要让妹妹见上爷爷最后一面。全家人围着“福田老板”，爷爷安心离开。奶

奶叫我赶紧去买黄纸，我跑着出去，路过白果树时，踩在一地的金黄落叶上，忍不住痛哭。爷爷出殡那天，白果树的黄叶落了一地。清早的送葬队伍路过白果树时，看着眼前的落叶，我心痛如绞。爷爷带着落叶走了，落叶带走了爷爷。

以后的每一年，白果树黄叶飘飞时，游客纷纷到访，而我心里却想着黄叶季节时我的爷爷走了。

山村文化

中国人民大学的陈炯教授在紫洪山村调研的时候，正好我接待他，他问我："你觉得你们村怎么样？"我回答："比紫洪山村外观建设好的村有很多，但是紫洪山村与其他村不一样的就是紫洪山村的文化。"

从小紫洪山村对我来说，就是一个地名，一个叫"老家"的地方。儿时的我对紫洪山村的文化了解不深。回到村里工作后，我越来越了解这个生我养我的小山村，越是了解它，越是爱它，紫洪山村在我眼里也重新焕发了夺目的光彩。现在讲起它的历史沿革、野史掌故、文化风俗，我也能头头是道。紫洪山村的文化，大致可归纳为"三缸"和"五古"。

先讲"三缸"文化，"三缸"即酒缸、染缸、酱缸。其实"三缸"文化也是整个绍兴的文化，紫洪山村自然也浸润颇深。关于做酒，这是绍兴离不开的话题，绍兴黄酒天下闻名。在紫洪山村做酒，做的是米酒，也叫新酒，因为只有在新年前后才可以喝到，味道很清淡。村里有做酒的"手艺人"，每年都会做酒，将糯米泡在大缸里，用专门的大灶蒸米，经过一段时间的发酵，再把糯米装到一个大布袋里，用石板开始压榨。烧酒的机器是用一个很老的机器。做酒的“手艺人”烧酒的时候，会到路边烧，边烧边灌到罐子里。有些嘴馋的村民，路过会讨一点喝。村里人到了春天就会招待客人喝新酒，这是紫洪山村的习俗。

染缸是紫洪山村的“富裕缸”。为什么这么说呢？因为村内开染厂的都是大老板。在1949年第一批去南洋做生意的紫洪山村人，就是做布生意出去的。从紫洪山村走出去的香港老板很多，他们生意做得很大。这些人在他乡都能吃苦耐劳，积攒下可观的财富后，又心怀故土，回馈家乡。当时的华侨回村，到了绍兴火车站，要打车回家，只要说“我去紫洪山村”，司机马上就知道该怎么走。现在打车回村，不仅要说出紫洪山村的具体方位，甚至还要借助导航。20世纪80年代紫洪山村的村道是水泥路，整条村道都有路灯。华侨们注重教育，给村里捐赠了18万港币修建了绍兴市第一所侨校——紫洪山村爱国小学。我就是在这所小学里上到四年级才离开的。

紫洪山村处处可见各种各样的碑亭，这些碑亭上记载着华侨反哺家乡的动人事迹，碑亭也是紫洪山村历史的见证。

最后是酱缸，越谚有“天下酱人出会稽”之说。以前紫洪山村人北上京津，当时开在全国各地的酱园，都有紫洪山村人作为掌门人或大师傅，一度名震南北。而紫洪山村则是酱文化的重要发源地之一。我爷爷就是那一代去北京做酱油的师傅，早先在现在北京南站两站路的一个酱油厂做酱。如今我二娘也还一直住在酱油厂分配的小胡同里。因为当时发生战乱，在北方做酱的紫洪山村人，包括爷爷在内的几十人，从北到南靠双脚逃回了绍兴。一路走回家，爷爷的脚也因逃难而落下了病根。回村的酱人也很少再做酱，现在村里做酱的老人一个个离开，紫洪山村的酱文化就像老台门内一口口闲置的酱缸，无人传承。我也是在爷爷离世后几年才知道他曾是一位做酱师傅。

紫洪山村是中国第四批传统村落之一，这背后离不开紫洪山村的“五古”。“五古”即古树、古溪、古岭道、古民居、古民风。紫洪山村有一个象征性的地标——一棵传闻是由东晋才女谢道韫亲手所种的千年银杏树，树龄已经有1600年了。

历经千年，它依然守卫在村口。村民们看到银杏树就知道自己回家了，会很安心。当朋友来村里时，不认路，我会告诉他："在那棵很大的树下等我。"

银杏树分雌雄，紫洪山村的银杏树从来不结果，是雄性。到了秋季，树叶变黄，银杏树就像一个老网红，会引来很多游客和它合影。对于这棵千年古树，村民会觉得有神灵寄居其上，有喜事了会在树下分享，也会向树祷告，祈求心愿的实现。村民与银杏树这种微妙的感觉，外人很难理解。村民四季都会坐在银杏树的廊桥下聊天谈笑。对外人来讲，银杏树只是一个景点，而对紫洪山村人来讲，银杏树就像一个老朋友。

古树是村里老人的朋友，那么古溪就是村里小孩的朋友。每到暑假，每一个溪埠头必定会有几个小孩在玩水或者抓小鱼。古溪也叫紫洪溪，整条溪沿着山边的民房缓缓流淌，溪水非常清澈。虽然村里家家户户都接上了自来水，但是很多村民洗东西还是喜欢去溪里，边洗菜，边洗衣，边聊着家常。溪水是很凉的，到了夏天，村民习惯把西瓜和饮料冰镇在溪里。到了夜里，溪水又伴着紫洪山村入睡。

岭道是学名，当地人一般叫岭。紫洪山有五条岭：妃子岭、紫洪岭、云松岭、董妃岭、

黄坞岭。以前村里人要出去，没有车也没有像样的路，就靠翻山，翻山可以节省很多时间。紫洪山的岭是一个交通枢纽，可以通向其他区或者其他村，紫洪岭通向大庆村，董妃岭和黄坞岭分别通向董坞村和兰亭村，要去城里就走妃子岭或者云松岭。

著名的妃子岭还有一个典故：妃子岭上的妃子庙，相传是南宋高宗赵构为答谢一位和他相好的姑娘的救命之恩所建的一座庙。庙内有漂亮的妃子娘娘。每年六月六的时候，天没亮，四方村民就上山祈福。现在妃子庙已经成了紫洪山村的著名景点。

我最喜欢夏天去岭上拜菩萨，那可热闹了，几乎是全村出动的热闹。

夏季妃子岭上的祭祀，庙里师傅们会为村民们办斋饭。村里人有钱出钱，没钱出力，去庙里帮忙。到了正日，上岭的人很多，香和蜡烛不用买，到了那边有卖香客，各种香都有，丰俭由人。我每次去，买得不多，就买一对小蜡烛、一把香。

上岭的路也有意思，要经过一个自然村，

快中午时上岭，一路走过去都是去岭上吃斋饭的人，大家一起走上岭，很热闹。进入山口，就会凉快很多，周围都是竹子，山路很宽阔，可以开车上山。但是我们都选择走路上山，山上有看不完的美景，竹子潇潇，山林很干净。到了夏季，山上就会有不知名的小野花，清香袭人。我还见过一种野山茶花，洁白秀雅，在山上一丛丛的。山里凉快，越走越有味道，到了上坡的时候山路更加宽阔，两边是竹海。

我常站在高坡上朝下面望去，山林宽阔。竹涛阵阵，阳光洒在脸上，风穿过发间，心中万般烦恼都可放下，似有清泉流淌全身，世间喧嚣在此地此刻均安静下来，你能听到内心的声音。我很喜欢这种感觉。

翻过山坡就是供奉有很多菩萨的古庙了，庙里有人点香，还有专门吃斋的地方。

走在村里，常常可以看到各种灰墙黑瓦的台门，这些台门都是明清时期的特色建筑，紫洪山村现在保留完整的台门还有十几处。以前住台门的都是地主，改革之后，每一个人都可以住进台门里，一个台门好几户人家，没有血缘关系，姓氏也不同，大家同住在一个屋檐下，相互帮助。即使现在有些村民搬出了老台门，但当家里有大事的时候，曾住一起的老邻居都会来帮忙。在村里，大家经常用“同台门人”来称呼以前的“老邻居”。村里现在的老台门，大多都闲置了，即使有人住，住客也多是一些老人和外地来的租户。

走进台门内，会闻到一股木头建筑在梅雨天气特有的木质霉味。我觉得如果绍兴有味道，那一定是这个味道。台门内的院子里长满地钱草，大块青石板上青苔一片。住在这里的老人，总是会把门口收拾得很干净，不影响其他邻里。只是台门是木结构，我们村委需要经常为村里老人巡访，避免火灾。老台门建筑造就了良好的民风，而好民风也让紫洪山村更加温暖。

一方天地

我一直觉得我家的选址得天独厚，开门见青山，溪水绕屋流。家门口有茂林修竹，我喜欢看竹子，喜欢听风在竹林呼啸而过的声音。山里人看竹子便可辨四季，辨大小年。我时常坐在门口檐廊看着对面的山发呆。适合发呆的是春季，春天的山也是最有灵性的。夜里一场春雨，泥里的竹笋便被唤醒，满山的竹笋，坐在屋子里都能闻到清香。

我清晨起得早，时常趴在小阳台上看春笋，看春笋长大就如看孩童长大般，一天一个样。只是这个春笋长得实在快，我便在看笋中度过春季。

夏季家门口的风景便更让人欢心了，竹子见绿，绿波成涛。我见过大海，也登过高山，但是当我看见家门前的竹海，我便心安。夏季的南方雨水渐多，夏雨把山洗得很干净，竹叶濯濯。这个时候，我会上山去摘来一些竹叶，放在家里，竹子清新的味道让人心静。夏日的竹林到了中午是最让人舒服的，有蝉鸣做伴。这时候去溪里玩，把脚无忧无虑地放进水里，微风吹过，蝉鸣、溪水、飞花，我是不是回到了小时候?

秋季的竹林深邃得让人怅惘，总让人想起未竟的梦想和淡淡的遗憾。所以到了秋季，我便不再在檐廊下看着竹林发呆。

竹子有一样是最好的，四季常绿。冬天的竹林给我一种新生的希望。我最爱沿着竹林缓步登山，这时的竹林中再没有扰人的飞虫，冬日暖阳照到竹林了，光就有了形状。我爬得不远，就在山这面看着我家时，会心生错愕之感:“原来我家长这样。”

清早的竹林空寂无人，但小鸟和各种昆虫都起床了，热闹得很。我在早上上山，山里总是有露水，我喜欢看露水挂在竹叶尖上，闲时还会拿着空瓶子去收集露水，也学古时清雅的文人用清晨的露水泡清茶。山上的泥土湿润，我玩心一起，便用小锄头挖几下，这便是锻炼身体了。

傍晚的竹林就大不一样了，阳光洒满整片林子，虫子也渐多。我傍晚在山上待不住，飞虫太多了，一上去便被赶了下来。薄暮时分，我常爱趴在阳台上，看着夕阳一点点撤出竹林，竹叶泛着金黄色，我想时间就应该在这个时候停留，不要走。

入夜之后，我在村子里散完步便早早上楼，躲进自己的一方天地，优哉游哉，不知时光在窗外悄悄流逝。烧一壶水、泡一杯清茶，茶都是自己做的，绿茶是奶奶在茶园采来的，桂花是秋天时摘的，桂花香味浓郁，连梦里都浸满了桂香。茶香飘满整个屋子，再点一粒檀香，我便窝在沙发上翻开心爱的书开始贪婪地看起来。这便是我最美的读书时光。

夜里看书是为了滋养心灵。入秋后我像老年人一样，除了养心，还爱养生，端来泡脚桶躺在躺椅上，找一部想看的电影，尽管外面风大雨大，我的小窝点上一盏暖暖的小灯，屋里便有无限春意流淌。

我是一个心思很活泛的人。来村后，我突然又想学钢琴了，之前在念书的时候学过一段时间，但是不精通，不精通的原因就是我是一个五音不全的人。我从网上收来一台二手的老式钢琴，放在一楼客厅，奶奶是不懂音乐的，但我每次弹起钢琴来，她必定要认真端坐在一旁，静静聆听。而我无论弹《两只老虎》还是《小圆舞曲》，都觉得自己是莫扎特上身。

我现在住的这个房间，让我印象最深的是，小时候和奶奶夏天睡在这个房间里，月光洒满整个屋子。那时家里还舍不得开空调，觉得空调一开电费就流水般地去了。奶奶把席子铺在地上，打开朝东的门，窗户也统统打开，我们就睡在地上，我睡不着时，就一直看着月亮，看着月亮由东到西在天上游移。

房间朝南，对面是一大片竹林，靠着东首又是一个小阳台，小阳台真是小，但是小阳台上有着最美的风景，远远望去，重峦叠嶂的山，一座连着一座，让我这个爱山人士久看不腻。再把目光放近一些，邻居家的银杏又黄了，一年之秋又到了，葱郁远山映衬这银杏，四季就在映衬之间发生变化。

再看近一些，山下农田、四四方方的台门顶看得一清二楚，那上了百年的黑瓦屋顶总给我一种光阴如梭的感觉，百年光阴不过在这黑瓦之间流逝。黑瓦屋顶、银杏树、远山三位自然界的朋友，给我的闲暇时间增添了无限趣味。

有时候好友来村里找我，我们找几本书柜上的书，就坐在小阳台，搬出我的小桌子，沏一壶自己做的茶，各自席地而坐，安静地看书。在村里看书容易看得进去，周围的安静让人很容易进入书本。得天独厚的阅读环境，再配上春季做的茶，小小的阳台变成了温暖的阅读室。好友每次离开都依依不舍，但是青山不留客。

王姓师傅

师傅姓王。王是紫洪山村的大姓，村里几乎三分之一的人都姓王。村里以前有个台门的名字就叫“二十王”台门，里面有二十个王姓的人。这些都是师傅讲的。师傅这人看上去总是迷迷糊糊的样子，做出来的事情也常令人发笑。师傅很老派，做什么事都要在纸上记下来。他的座右铭就是“好记性不如烂笔头”。师傅写得一手好字，他们那个年代的人写出来的字都不差。

师傅的办公桌就是考古现场，堆积如山的记事本、会议本，归类摆放，井然有序。他还有上个文书给他留下的田册，那个田册比我年纪还大。村里人来问点田地上的事情，师傅就拿出那个“古董”翻阅，还得翻得小心一些，那个纸感觉随时会破。我查阅东西依赖电脑，师傅查阅东西依赖他的大脑。若有人问他事情，他总是先说：“我印象中……”然后开始在他那堆“宝贝”里翻资料。我总觉得这样不靠谱，但是师傅每次都可以找到他要的东西。师傅的办公区域是雷池，只有我进去才不会破了他布的阵。

别看我师傅这样，他可是做了十几年的老文书，村民们都叫他“村里的活字典”。你但凡问他一些关于村里的事情，不管是野史还是正史，他一概知道。比如为什么叫紫洪山村，师傅给我的回答就是，老一辈说，在安山的一个山岙里，那片山的泥土是紫红色的，便叫了紫红山，后来又将“红”字改为“洪”字，是因为我们这边以前很容易发大水，村名带个“洪”字也可以治洪水。还有一条山间小路的名字叫九龙点灯，这名字的由来也只有师傅说得清。还比如每户村民家的情况，师傅都了如指掌。从一定程度上来说，他让我重新发现了一个全新的紫洪山村。

我和师傅在工作时互相配合，有时我辅助师傅，有时候师傅辅助我。师傅刚做文书的时候大概是2010年，那个时候村委办公几乎用不到电脑。师傅常说：“现在的工作太复杂，以前哪有那么复杂！”现在是互联网时代，农村工作也与时俱进，大量工作需要掌握并运用电脑知识。

我和师傅配合得很好。与2010年人口普

查不同，在 2020 年人口普查的时候，普查制图需要全程在电脑上进行。师傅深知自己所掌握的电脑知识有限，就举荐我做那次人口普查的主要负责人，这次他辅助我。那时我来村里一年多一些，对很多情况还不了解。在做全村制图的时候，师傅就拿个小板凳坐在我旁边，我画一幅图，师傅就告诉我这是谁家。说起制图来，师傅还给我看十年前的人口普查的制图，那是好几张大纸，全是手画的图稿，一块块的长方形表示房子，长方形里还写了名字表示户主。师傅拿着图纸边指点边唠叨："十年前，哪里有这么多漂亮的房子啊，现在条件真是太好了，农民都有钱了。"我看着十年前的制图稿和我电脑上的卫星制图稿，心里也感慨不已：十年时间不算太长，可农村却发生了翻天覆地的变化！关于各户村民的信息，师傅掐指一算，便知情况。我们村的人口普查进行得最为顺利。当时还有上级部门来抽查，每一户什么情况我们都要对答如流，好在我们师徒俩配合得好。普查结束后，我们村集体还获得"市级先进集体"的称号。

师傅是动笔头的人，很会想办法，总会有意想不到的法子。现在农村建设如火如荼，尤其是我们村，可是全国第四批传统村落之一，来造访的游客就很多，但是村里要是环境不好，自然就砸了自己的牌子。师傅和老书记还有村委成员想了办法，制定了一个环境卫生奖罚制度，并成立了环境卫生检查小组。小组每月底下村检查，如果抓拍到哪家环境卫生没做好，第一次可以免去惩罚，第二次就要开始扣村委会发放给每户村民的“环境卫生”奖金。奖金在每年年末发出。

从那一年开始，村里的环境卫生发生了惊人的可喜变化。师傅也是环境卫生检查小组成员，他每次下村检查都异常认真，他拍哪里、拍了什么都要记录在随身携带的本子上。这样村民有疑问，他应对起来也胸有成竹。其实无论走到哪里，师傅总是拿着记事本。或许师傅那代人最信任的还是笔。

师傅做了十三年文书，从2010年到现在一直是做紫洪山村的“大总管”。不过师傅还不算老员工，资格最老的还是妇女主任，她做了二十多年。每年村委换届选举，她和我师傅都毫无悬念地当选，他们是真正意义上的得民心的人。现在我可以辅助他们，慢慢成为民心所向之人，心里也觉得雀跃不已。

大灶记忆

家中最有故事感的大概就是大灶台，家里的核心也是大灶台。我家房子建得早，20世纪90年代修建的，那个时候兴建大灶台。奶奶总认为有大灶的家才是完整的。

灶台承载着一户人家的烟火气，也背负着一家人的兴旺。冬季的农村很冷，刺骨的冷风可以从四面吹进屋子，即使关了门，仍会觉得家里冷得不行，奶奶就会生火烧灶，一烧灶，我们一家子就都聚在厨房里，看着跳跃的火苗，即使外面北风呼啸，漫天白雪，厨房里都温暖如春。围坐在生了火的灶台前，我和妹妹常会找来小红薯，直接丢进灶台里，任由大火烤熟红薯，等火灭了，我们再拿火钳找出被烧得乌焦的红薯，那红薯外皮被烤得乌黑，但是掰开来，里面是金黄色的，香气扑鼻。

除了烤红薯，我还喜欢看烧柴，没有烧过灶的，不会懂得烧柴的乐趣。村里靠山，又有竹海，村民们就有烧不尽的竹片柴。入冬前，奶奶会按惯例准备好一个冬天要烧的柴火，主要是竹片，烧竹片时，有时竹片尾部会有蒸汽出来，冒着一个个小泡，奶奶说这是好兆头，意味着家里有客人要来，我总是很期待，期待着竹片会冒气泡，期待着未知的惊喜。所以一烧竹片，我便会去看今天有没有冒泡，会不会有客人来。

一生起火，厨房边就成了家里最核心的地方。灶台上方挂着的灶神，威严地看着一家人的忙碌，一年又一年，兴败悲欢都看在眼里。时而我说了不该说的话，奶奶就会说，这种话讲不得，灶神爷爷听着呢！好像是家里永远有一个看不见的神在规范、约束着自己的行为，而这个神也永远庇佑这个家，或许家里有六个人，其中有一个就是灶神。

我家大灶是两眼灶（有两个并排的），中间有两个汤锅，汤锅是用老铜做的，它们并不是用来煮汤的，锅里只放清水，大灶烧起来，它们就温水，这个水就可以用来洗东西。老一辈都勤俭节约，一灶多用，大灶里边还有两个小水泥块砌的石块，用来放水壶，可以烧水、温酒。只要大灶烧起来，家里的一切都可以安排妥当。大灶正上方供奉着灶神，家里大小祭祀都少不了祭祀灶神，奶奶每天都会给灶神点香，上了香才是一天的开始，一年 365 天天天如此。

村里很多人家里都不用大灶了，很多新建的房子也不再建大灶。天然气虽然便利，但我觉得只有柴火大灶才能给人暖融融的感觉，做出来的饭菜也格外香。

冬天，烧大灶是我们全家人抢着干的活，往大灶边一坐，整个人从脚心涌上一股暖流。烧大灶费柴，奶奶平时一有空就上山拾毛竹当柴火。紫洪山是毛竹山，死毛竹就变成了烧火柴。毛竹易烧也不经烧，因为竹子容易点燃，而且很快就会烧完。在节日祭祀前，奶奶就要大量备柴。因为节日祭祀的备菜主力还得是大灶。大灶煮东西才能把食物的香味煮出来，祭祀用的鸡鸭鱼肉都是大锅煮的。自家养的肥鸡肥鸭用大锅需要才能出油。生火先用松针叶点火，再放毛竹片。烧火是技术活，奶奶是烧火师傅，什么食物需要多大火候、烧多久，奶奶单凭经验就知道。上一回，我自己烧火，烧得太旺火都延到了外面，需要奶奶来救急。

大锅煮鸡，清水下锅，第一道烧出的汤水

不能用，太油了，汤水要马上舀出，大灶还在烧，这个时候大锅温度就很高了，再下清水和鸡。第二道的汤水，油就少了，汤水也变得清亮。食物的香味就会飘满整个屋子，我会急不可耐地拿一个小碗盛一碗鸡汤喝起来。大锅煮的鸡汤不油，这样喝可以喝上几碗，奶奶常说这样喝鸡汤才是最滋补身体的。

烧猪蹄也要用大灶。大铁锅吃油，而且灶台火候大，猪蹄一下锅，油马上就被逼出来，放上调料，就大可放心地任由猪蹄在大锅里煮着。一煮起猪蹄，别说厨房了，就连二楼的房间都喷香。我闻香而来，打开锅盖，看到那油亮的猪蹄、嘟嘟冒泡的汤汁，垂涎欲滴。还不等猪蹄出锅，奶奶定会给我盛一小碗，我就站在灶台一旁大快朵颐。厨房黄亮的灯，照出灶台的影子，看着奶奶在灶台忙碌的背影，这便是我千金不换的好时光。

奶奶很喜欢吃红薯，秋天收红薯的时候，她恨不得天天吃。入秋了，因为奶奶爱吃红薯，大灶也得出力。五点多奶奶就开始起床烤红薯。红薯选个头小一些的，一个个沿着大锅码好，

放一点水。火不能太旺，但是要花时间，用慢火烤。只要奶奶烤起红薯来，那将我从睡梦中叫醒的就是这奶香的红薯味。揭开锅盖，红薯贴着锅的那一边已经烤脆了，这个部位是最好吃的，但是外面买的一般没有。自家种的红薯水分也多一些，多吃几个也不觉得干。奶奶就拿这个烤红薯做早餐。

小时候我们喜欢煨红薯，直接把红薯埋进

温热的火灰里，就不用管了，出去疯玩一阵，等回来后开始扒拉灶口找红薯，红薯皮已经烤黑了，直接剥皮就可以吃。那时候，大家穷，有一点吃的就变着花样做。我经常和奶奶开玩笑："现在村里有游客了，你可以烤红薯，出摊在家门口卖，一定会有销路，因为吃了让人忘不了。"

家里的大锅，很久没煮米饭了。大锅煮米的技术含量太高了，平时我和奶奶吃得少，就不用大锅。但是如果家里来客，煮的还是大锅饭。锅内煮饭，架起铜屉子，上面蒸鱼蒸蟹，再放点红薯一起蒸。大灶煮米饭先用大火烧得旺一些，等米饭开始出蒸汽就要用小火焖。大锅米饭最经典的是那锅巴，米饭被大锅烤脆的那一面比米饭要更抢手。每次煮大锅饭，我都不吃米饭，专等着吃锅巴。锅里剩下铲不下来的锅巴，奶奶会拿热水泡，泡出来的锅巴汤也很美味，本来脆脆的锅巴被泡软了还有一股米饭的焦香。奶奶不会浪费粮食，她总说吃过苦，这点饭粒都不舍得浪费。

春末夏初的时候，奶奶会上茶山，去她自己的小茶园里摘茶叶。家里喝的都是奶奶做的茶。

奶奶炒茶就在大灶上炒，她个子矮，炒茶要站在椅子上，炒茶要用中火，茶叶直接倒入锅中后，奶奶直接用手炒。她炒茶的手势是很漂亮的，我常目不转睛地看着她炒茶。第一遍茶出来还得揉，揉出汁，再炒第二遍。大锅炒茶第一遍就可以把茶香炒出来，是鲜香的茶叶味，到了第二遍茶香

就变成一种醇厚的味道，炒完茶的大锅有浓浓的茶叶香。

奶奶常说一句话："我换过的灶台多多少少。"意思就是，她搬过几次家就换过几次灶台，在她的心里有灶便是家。大灶帮奶奶做了很多事，奶奶也一直视大灶为最可靠的朋友。现在大灶成了我的拍照背景，我经常会拍上了年纪的灶台和农家地道美食的合照，也常将这些散发着温暖和乡村烟火味的照片发到网上，我太想唤起大家对大灶的记忆了。

紫洪山村的千变万化

回望紫洪山村这十几年来的乡村风貌，“千变万化”这个词瞬间从我脑子里跳出来。紫洪山村的巨变当然得益于20多年前浙江全省“千村示范，万村整治”工程的实施，紫洪山村人也没有辜负时代新风，一步一个脚印，绵绵用力，久久为功，才叫日月换了新天，绘就了独特风味的《富春山居图》。

前两天和师傅在办公室闲谈，惊叹紫洪山村的变化。师傅还找出20年前紫洪山村的照片，我俩对着照片，你一言我一语地开始对各自记忆中的紫洪山村“缝缝补补”。小时候我就贪玩，和一群村里的小伙伴“仗剑走天涯”。我们最爱去的就是白果树对面的“紫洪农贸市场”，那块地方在我记忆中又脏又乱。小时候不懂事，我总喜欢去脏乱的地方探险。印象很深的是那块农贸市场是废弃的，偶尔有几个村民蹲在那里守着简陋的蔬菜摊位。摊位旁满是丢弃的腐烂的菜叶子，苍蝇在一旁“嗡嗡”不休。破败的水龙头常年滴着水。农贸市场的地总是长满青苔。市场对面还有一座颓败的楼房，那座房子的窗户总是被风吹得“啪嗒啪嗒”响，总给人一种在风中摇曳快要倒的感觉。每次走过那个房子就觉得阴森可怕。就是这样的小破地方也成了我们这一带小孩的玩乐天地。

之后，这个脏乱的农贸市场不见了，破旧不堪的楼房也寻不到踪影了，青苔地换成了一块块大理石，一座现代时髦的广场取而代之，一座飞檐翘角、古韵盎然的休闲亭拔地而起。长廊两侧的宣传栏里，书法龙飞凤舞，法治故事鲜活醒世。干净整洁、文明有序成了这一亩三分地的代名词。一到夜间，广场上热闹非凡。这个广场甫一建好，紫洪山村广场舞就成了很多村民每晚的固定项目。这令我颇为惊讶，我原以为广场舞是城里老头老太的专属，没想到，紫洪山村民对广场舞的热情也这么高。

红红的枫树围绕广场一圈，映衬着金黄色的银杏树。秋天，走在广场中间，望着蓝天白云下如斯美景，我常陶醉不已，如不是自己亲眼所见之前的光景，我大概也不敢相信这里曾是以前那个破旧的“秘密基地”。

常常觉得自己很幸运，生在这么美丽的小山村，生在这个建设美丽乡村的时代，触目所及，都是紫洪山村的生机勃勃和风景日新。紫洪山村是靠山吃山的地方，毛竹、竹笋是村民们最珍视的宝贝。在村委工作空闲，我总是喜欢往山上跑。我最喜欢的一条游步道就是紫洪岭，行走于岭上，有一种天地宽广之感。登顶后看见的山海，又让人生出一种一览众山小的豪迈之感。在山间行走，时时可闻风与竹的私语。只是山路崎岖，上山并不便利，尤其对外来游客而言。每次想到这么美的风景只能独自寂寞，无人观赏，我就伤感。直到去年——师傅和我说紫洪岭要修路，政府要在岭上开发出一条方便人上山游览的步道环线，这让我又惊又喜。惊的是在山上造路是多大的工程，需要多少资金！紫洪岭原来的上山路，一到雨季就变得泥泞难行。紫洪岭连接着另外一个村——大庆村。紫洪岭靠近紫洪山的一头山路稍微开阔一些，但连接着大庆村的山路坑洼逼仄，从山上搬运毛竹和笋下来异常累人。如果这个上山环线被开发出来，那对紫洪山村意义重大。

当一辆辆挖机开进村里，一辆辆渣土车又把山泥清运出去时，紫洪岭游步道悄然改了名

字——紫洪山诗路环线。村里人对这条环线期待满满。这条环线打通了紫洪山村到邻村大庆村的路，以前需要翻山越岭才能到达的村子，现如今通车直达。诗路环线开通后，沿着山路周围的竹林也得到开发。承包山林的大户络绎不绝地奔赴紫洪山村，沿着公路的山林全部被承包一空。原本这块山就得天独厚，泥土肥沃，出来的笋雪白如玉。现在山林被承包，紫洪山村的竹笋也被外面的人所知晓。为了让山上的竹子得到更广的销路，村委还联系了竹器厂。这条诗路环线的开通极大地调动了村民上山开发山林的积极性。

沥青铺好的诗路环线，在今年六月份大放异彩。紫洪山村聚集了一群绍兴市骑行爱好者，他们环着山路，穿过竹林，沿着诗路，逶迤骑行而来。泥泞的山路变成了理想的诗路，穿梭其间，真似古人所说的“山阴道上行，如在镜中游”。

进入紫洪山村的村路，叫紫洪公路，这或许是紫洪山村人一辈子走过最多的路。儿时的记忆里，这条紫洪公路沿途经过花街村、李家坞，还经过一块荒芜的田地，四面环山，没有路灯，走在阴森的路上总让人害怕。印象最深的一次是小学四年级时，冬天大雪夜里，积雪齐我膝盖，公交车不通车，汽车也进不了村。在这条昏暗的路上，爸爸拿着手电筒，拉着我往村里走，四周的黑暗加剧了我对冬日雪夜的恐惧，那时觉得那条路怎么这么漫长，每走一步都是煎熬。

现在，紫洪公路两旁装起了一排排的仿古的路灯，从村牌坊一直蜿蜒到村口，星星闪闪的灯照亮了那条回家的路。每到过年的时候，村委会买很多写有“紫洪山，欢迎您”字样的灯笼，一排排挂在路灯上，喜庆又热闹。有了路灯，现在夜里的紫洪公路不再冷清，反而热闹得很，路上时不时可见散步的村民，他们都有自己的“散步小分队”。

紫洪山村最幸运的就是搭上了“乡村振兴”这艘时代的巨轮，也因此在其发展中得到了很多政策的支持和外部的助力。今年在村里，常常可看到一大群年轻的大学生，他们给紫洪山村带来了欢声笑语，也带来了活力。他们是绍兴之江学院的学生。之江学院与紫洪山村的党建共联是村里异常重视的事情。紫洪山村的侨文化和古村落文化名声在外，吸引了这些年轻的大学生们。当他们知道村里还住着不少侨眷时，还送来了礼物慰问。

一股年轻的力量进入紫洪山村，给村里注入新生的力量。这一年中，之江学院学生分批来了好多次紫洪山村。学生们拿着专业工具对紫洪山村的古台门测量、规划、制图，古台门在年轻人的手中焕然一新。他们的奇思妙想，给紫洪山村带来很多新点子和发展方向。

紫洪山村的古迹非常丰富，有古建筑、古岭道、古树、古溪、古桥、古井、古民风等，文化积淀深厚。其中，古建筑是最大的特色，至今尚存 20 多个明清风格的古建筑群，而且每处都有典故和特色。张小泉故居便在此，附近还有王阳明墓。大学生们对这些人文特色资源进行了深入的调研，他们想通过新媒介、策划活动等形式对这些资源进行宣传、推广和开发，还计划整理出一条完整的文化旅游路线。看到村里古建筑闲置较多，而游客住宿点少，学生们也规划设计了紫洪山村休闲旅游方案：在与古建筑相融的基础上，选址规划设计，打造仿古民宿。他们还因地制宜设计了适合中小学生的紫洪山村研学旅游基地方案。

借着年轻人的手，紫洪山村与时代的脉搏贴得更紧密了，也走得更远了。

前不久，我收到来自之江学院的同学的信

息，他们告诉我，他们把紫洪山村作为建设试点，助力紫洪山村振兴发展的文旅创意策划方案入围了“绍兴市大学生乡村振兴竞赛”，我欣喜不已，小小的一个古村在年轻人充满活力和创意的头脑里变得越来越生机勃勃，充满无限希望。

在最好的时代里，紫洪山村的发展日新月异。虽然之前我错过了一些紫洪山村的变化，但是现在，我能参与并见证她的美丽蜕变，我很骄傲。我相信，未来的紫洪山村这幅画卷上，天更蓝，山更青，水更绿，乡愁更浓！

村中一日

在村里，我觉得时间会变得很慢，时间也变得很分明。清晨、上午、中午、下午、傍晚，被分得很公平。我喜欢这种分明的时间感，因为这样会真切感受到时间的存在，每日都会感觉光阴没有虚度。

在村里无法睡懒觉，一大早对面竹林里的鸟就相继唱歌，我家对面还有两只花喜鹊，是我的“闹钟”。鸟儿在清晨一叫，人就欣欣然睁开了眼，抖擞精神，欢喜地迎接新的一天的到来。

我朋友总是说我不像年轻人。我每日清晨五点半就醒来，早起这段时间，我都用来看书。夏季早上天还没开始热，我就打开小阳台的门，坐在地上看书。看书看累了，望望远山，深呼吸几下。我喜欢清晨山下竹林边的空气味道，早上起来我都会很贪婪地吸上几口。

以前在城市里，我总是看不下几本书，现在在村里，看书成了和吃饭一样的自然反应，大概这就是环境改变习惯吧。早上，村子也算是热闹的。奶奶吃早饭喜欢端着碗去外面，她遇到去上班的人，便会和他们热情地打招呼。

从村里出去上班的人都很有朝气，有种“今天又是元气满满的一天”的那种感觉。鸟叫声和打招呼声打开农村的一天。

我下了楼，第一件事情就是看我栽种的植物，早上露水挂在叶子上让人感觉到一种蓬勃向上的生命力。回村之后我养了很多植物，农村养植物很好养，早上我会将盆栽移到阳光适宜的地方。在夏季我就得拎水浇花。这些花事就是我的晨间运动。

农村的早点都是自己做的，家里有什么便做什么，家里时常会准备一些自己做的饺子和包子，有时会下点面条，再扔几段刚从地里剪下的香葱和挂着露水的青菜，别提多香了。我觉得用心给自己做早饭，是对一天最好的肯定。

我上班在八点，我一般会早些到村委。村委的工作大多都很烦琐，但一件件的小事处理完后会让你有异常充实的感觉。一天忙碌下来，心情会格外平静。我们有午休时间，午休虽然长一些，大概有两个小时，但是我总觉得不够用，中午是我最忙的时候。中午我回家吃饭，有时会炒几个菜。我有好些朋友羡慕我工作日可以回家吃午饭，这自然是幸福的事情。

和奶奶吃完午饭，奶奶就去地里干活或者和路人唠嗑，我就得收拾厨房，我喜欢家里干干净净的感觉。一般来说，中午是我的书法时间，我已经学习了一年多的毛笔字。在家里，我布置了一个书法小天地，练字的时候，坐在这一方天地间，我总是可以静下心来。我的字写得不大好，教我书法的老师说书法是慢艺术，需要每日打磨练习。书法是在打磨我的心性。在村里练字，在一个四面环山的小房间里琢磨着自己的字，写累了抬眼就可以看见山上常青的竹子，内心也变得更加坚定。

大概练字一个小时，我便要出去。回到村里后，我觉得爱玩的天性得到了解放。天气好的中午我一定要出门去村里探秘，有时会叫上我邻居和她家的狗，她会骑着她外公的三轮车带我去玩。坐在三轮车上，路旁的青山向后倒退，这种感觉很自由，我们两个就在山湾里飞翔。我们时常去李家坞那块地方，那边有好几亩的花圃，早樱、桃花、茶花、玉兰、松树，品种很多。其实那块地方以前是种水稻的，后

来租给了花圃老板，现在变成了我和邻居赏花的好去处。有时候老板还会送几枝鲜花给我们，拿回家放在房间，整个屋子都会明媚不少。在村里总不愁没花装饰房间。

夏天的中午，我俩常去附近溪埠蹚水。夏天的溪水很凉，把脚放下去非常舒服，有时候还能抓到小鱼、小虾，我放在瓶子里拿回家养着。哈哈，我们两个成年人，还可以在溪里抓鱼，不知道该说我们幼稚还是童心未泯。

村里下班很早，五点就下班。傍晚是最神圣的一段时间，我喜欢安静地准备晚餐，虽然都是简单的食物，但是在做晚餐的时候，我很享受。现在春季最宜吃豆米炒笋，再配上年前腌的咸肉和刚出缸的咸菜，一碗菜就是一个春天。厨房的锅具和刀具用了很多年了，镀上了一层时间的光泽，厨房里还有我一点点积攒起来的瓶瓶罐罐。做菜对我来说就是解压，我经常想，我以后一定要做一个私房菜厨师，就在紫洪山村。

我还经常邀请好友来我家吃饭，做上一桌乡村风味菜，彼此聊聊境况，大慰平生。晚饭后我和邻居会去散步，我们是紫洪山村散步青年组，村里还有散步中年组和老年组。小时候，到了晚上，村里人都不大出门。现在不一样了，老到八十几，少到二十几，吃完晚饭就出门散步。奶奶常说："以前白天要种田耕地，到了晚上累了也不出门，现在田也不用那么辛苦种了，失土补偿金也有，晚上散步的人自然就多了。"

我和邻居散步时热爱探秘，我们虽在走路，但是眼睛会看东看西。夜里村子变暗，天上会

布满星星，这在城里绝对是见不到的。去年夏天，我们散步时还看见了萤火虫，我邻居还给我抓来，放在手上，那个小小的生命就在我手里一闪一闪。只要自然生态好了就会有萤火虫，小时候就有，现在萤火虫能再回来，说明紫洪山村现在的生态真正变好了。

遇见萤火虫不稀奇，我们还遇到过刺猬，拿手电筒一照，刺猬马上会缩成一个小球。野生刺猬很臭，我们也不敢摸，看到一团小毛球时心都融化了。夜里的村子很安静，除了溪水声、风声，没有其他声音。我在九点多就入睡，当然，这个入睡时间也让我显得“非常不年轻”，只是这个村子睡了，我也该休息了。

农村的一日是那样平静那样忙碌，我学着村里人，日出而作，日落而息，我明显感受到我的身体和这块土地在一起呼吸。在紫洪山村，我找到了最真实的自己，也找到了最舒适的生活节奏。

山中友人

大概是性格使然，我到哪里都可以找到朋友，也不会觉得孤单。即使在村里我也有几位好友，当然也有朋友从外面寻到村里来，我们一道做菜、喝茶，去山上探秘。

山里的友人，大多都是当地村民，算是忘年交了。他们有时候会来请教我怎么使用智能手机，有时候托我在网上采买一些东西。帮助他们后，他们总会给我一些自己种的蔬菜。这样一来一往，我们就建立了深厚的友谊。

村里有位师傅，年轻的时候是木匠，现在老了就自己研究专利，他时常把专利上的内容拿来给我看，怕我看不懂，还不厌其烦地讲解给我听。在他申请专利的路上，他经常来找我，向我请教如何使用电子邮箱，如何使用 word 文档。为了不忘记这些新学的本领，他时常用电子邮件给我发消息，常来办公室找我聊天。我们两个不聊别的，就说一些他最近学了什么，在网上看到了什么，他也问我最近的学习情况。我在他身上也学到很多，“活到老学到老”，说的就是他吧。如今他的研究发明已成功申请了专利。只要坚持学习，总会有收获的，谁能想到在这个深山湾里有一个七旬老者研究技术、申请专利呢？他不就是在激励着我吗？

村里另外一群好友是租户，紫洪山村是有租户的。他们来自全国各地，向往田园生活，想回归农村，四处走访找房，最后在紫洪山村落脚。租户们住在台门里，也算是给村里闲置的台门带来了人气。老房子得靠人住，我和奶奶管这些住在老房子的租户叫“老台门”。他们爱惜屋子，没有在室内装空调，也没有把现代设备搬入老台门里。他们来村里的时候，正值疫情期间，由于是外地来的，他们一有人员进出我就要去登记询问，去的次数多了，和他们便成了朋友。他们刚来村里，语言不通，很多生活物资都缺乏。我和奶奶常给他们送去一些自家地里种的菜。

他们待人接物极好，我们给他们一些，他们总要回一些给我们。奶奶经常对我说：“我们给他们的蔬菜都是本土货，不花钱，但是他们给我们东西，要花钱去买，总是不好意思。”奶奶因为经常和他们聊天，普通话都进步很大。去年奶奶晒的笋干滞销，我托他们帮我宣传一下，也送给他们一些笋干，没想到他们很喜欢，直接买光了奶奶的笋干。今年一开春，他们就一直和我说："别忘了，早点晒笋干，我们还要吃。"

他们在村里学习种菜，在山上拾柴，努力融入村里。他们和周围邻居关系也很好，有一些好的东西就要分给村里的老人。

记得去年冬日，一户租户邀我去家里听琴，是古琴。他们请来老师教自己的孩子学琴，我也有幸听到古琴清雅之音。他家生了炉子，炉子上温着茶，炉子里烤着奶奶给他们的红薯，火炉旁还窝着他们的猫咪。我们大家围坐在火炉旁，各自安静地喝茶。老师的琴声响起，我心里似乎有一泓清泉流淌。大家都不言语，只有琴声悠悠。记得那时，老师弹起《流水》，外面正巧下了雪。那日如梦似幻，令人回味无穷。

这家人在绍兴经商，做的是布生意，他们将工作室安在了老台门内，他们家里还展览了很多用布做的艺术品。他家是环保主义者，一般都用手帕，而手帕上的花纹是用植物扎染的，这项手艺他们是拜师学来的，这是非遗手工。

之前我朋友来村里找我，我邀请她去租户家里试着做了手帕。手帕颜色是用板蓝根染色的，扎染出的花纹有讲究，每一种方法扎染出的花纹都不一样。扎染的工序很复杂，我也是一知半解。我后来才知道，他家穿的衣服，都是自己做的、自己染色的。

我有一次和他们聊天，提议他们在天气晴好村里有游客的时候，出摊展示一下扎染手艺，这样，来紫洪山村的游客就知道，我们这边有一个独具特色的扎染工坊，游客们还可以学到一些东西。听了我的提议，他们非常乐意，他们也一直想为村里做点事情。

说起这个，我和女主人也一直在商量想在紫洪山村办一个阅读会，就在他们家，找一些爱阅读的人一起分享读书心得，还可以交换书籍来看。今年他们还请来江苏那边的武术老师，他家孩子跟着老师天天在白果树下练习武术。我是什么都想学一些的，就和他们一起学，我学的是八段锦。女主人一直说如果村里有村民也想一起学，他们也可以参与进来。现在除了我，还有一位村民和他们一起练武。他们作为第二代紫洪山村人，给村里多少增添了不一样的色彩。

我好客的性格大概是随奶奶的。在我回村之后，我时常邀请我的朋友来村里，体验一下慢节奏的田园生活。去年，有一位好友来村住了一个多月。她白天去市区打工，傍晚回到村里。那个时候我们两人想着把村里好玩的地方都拍下来，放到网上去，吸引游客。但是我们两个无名之辈，没有那么大的影响力，在网上未能激起半点火花，好看的照片也只能放在手机里自己欣赏。

她在村里，给我平时安静的生活带来了热闹，我和邻居的两人帮变成了三人帮。我们时常一起做菜，一起琢磨田里蔬菜的吃法，一起到溪里洗衣服。她是中原地区来的，生活习惯和我们这边大不相同，所以她的到来也给我们这个南方小山村带来了一些新鲜的感觉。

有时候我常想，在这个寂静的山村里，有人陪你阅读散步，与你一道谈心听琴，这一定会让你的精神生活异常丰富。我想和我的山中友人一道去丰富紫洪山村。

山中野味

山上的野味实在太多了，这里我说的野味不是动物之类的野味，是植物科的。到了春天山上的野味就变多了，有遍地是宝的感觉，这时，我有事没事就爱拿上篮子和相机，叫上邻居，一起上山寻野味。

春天我最爱的野菜就是马兰头，马兰头得细心寻觅，我们在村里住得久了，自然就知道哪一块地方有马兰头。黄山头那边有小竹园，马兰头一般都长在小竹园里，竹园里杂草丛生，寻找马兰头眼睛得尖。马兰头叶子很小，非常难找，采摘马兰头是需要耐心的，要一直蹲着，挨个剪，这是一项考验眼力和体力的差事。但是马兰头是极好吃的食物，吃上一口美味的马兰头，我觉得一切都值得了。惊蛰过后，野竹园里就有蛇，我们上山会拿棍子。这里的蛇类大多都是竹叶青。我自然是没见过，我没那么好的运气，一上山就遇到蛇。有些村民遇到过。

将马兰头采回家，焯下水，再将焯过水的马兰头捏成一颗球。马兰头的绝配就是春笋。将春笋和马兰头都切成小丁，和香油一炒，春天的感觉就在这锅里四溢开来。

与马兰头同样受欢迎的还有艾草，艾草也是满山遍野地长，只要上山就肯定能收获一竹篮。艾草摘来就是用来做艾饺，艾饺咬起来也是满口春意，味道极好。为了保存新鲜的艾草，一般焯水过后会冰冻起来，这样四季想用艾草的时候，随时就可以用到。

马兰头和艾草做成食物，都离不开笋，紫洪山村人的春天一定也是离不开春笋的。挖笋是体力活，更是眼力活。挖笋靠经验，找到好笋也得靠经验。爸爸是挖笋高手，入春之后，他每次回村就拿着锄头上山挖笋，每次都不会空手回来，挖的黄花笋是最好吃的，用来做红烧笋，烧出来的味道都是甘甜甘甜的，极鲜美。再大一些的笋就可以做笋干，笋干也是紫洪山村的特产。将鲜笋挖来洗干净，切笋的声音很好听，“兜兜兜”的，笋要切得薄一些。家里有专门煮笋的大锅，下面直接放柴，上面就架着大锅煮，水煮沸后马上捞出笋，沥干水，第二天就可以晒笋干。

说起笋干，我还想起我的销售之路。2019年春天，有一批江苏来的登山队来村里登山，我就在家门口兜揽生意卖笋干，他们喜欢吃白笋干，不加干菜的那种，他们要了千来斤笋干。我们还加了微信，他们后面连续几年都在我这里预定笋干。之后每到笋干季节，我就开始做笋干生意。要是有游客路过我家，我定会推销，不管成不成功，我都会试试。

春末时节最美味的还是野树莓。野树莓是学名，这种食物每一个地方叫法都不一样。它长得很像树莓，但是我觉得它可比树莓好吃多了。我们这边叫它“阿公阿婆”，也叫“种田红”，

因为这种野果子到了种田的时候就会变红，这也意味着它成熟了。

摘野树莓也要有路子和基地，我和邻居有两处基地，一个在里郑自然村的一条山路上，那一片全是野树莓，野树莓有刺，而且那个时候蜜蜂也是最多，所以一定要小心。还有一处在水库附近，我们经常开着小三轮车去摘。去摘野树莓不用拿篮子，边摘边吃。对了，如果没有晒过太阳的千万别吃，因为露水重，万一吃多了可能会嘴歪，这是老一辈的说法，从小吓孩子的，我就是这样被吓大的。吃够了，剩下的野树莓就装在用毛竹叶做的“小船”里，竹叶两头一圈再打个结，就似一艘船，这种“小船”村里人人会做，感觉是紫洪山村人与生俱来的本领一样。毛竹叶内侧很干净，放野树莓什么的是最好不过的。关于这个野树莓，也是价格不菲，之前我去旅游，在一地发现它被卖到七十元一斤。这便又是商机，我总是想着把山里野生的东西分享给更多的人，让更多的人知道它们的美味。

山中好吃的还有很多，比如荠菜、大鼻头笋，还有黄花菜。我家门口就种着黄花菜，不单为了吃，还为观赏，因为黄花菜的花特别好看，就像野百合一样，而且这类植物好养活，不需要施肥就长得很好。我总觉得山里都是宝，村里人说山里有很珍贵的野兰花，我没遇到过，可能我翻过的山还不够多。

错过的时间

我的童年都是在紫洪山村度过的，小时候总觉得紫洪山是我走不出的大山，那时候紫洪山村便是我的全世界。我经常拿着奶奶种田用的竹棒“仗剑走天涯”，奶奶则拿着“虎啸”追我。“虎啸”是绍兴话，只要是绍兴人一念便知，它是用叶鞘做的，打起来很疼，但是奶奶一般用来振威，从不打我。奶奶的竹棒是一根细竹竿，很光滑，我拿去做宝剑最好，奶奶边追我边说：“小祖宗，你把这个棒子给我玩丢了，我怎么种田？”

小时候我就知道，种田是奶奶的命。奶奶的田在离村四五里的地方，那里一大片都是水田，只有小小一块是奶奶的。小时候奶奶带我去种田，我就坐在田边的一户人家门口，那户人家很有钱，家里有梅花鹿石雕，我就一直坐那边一个人玩着过家家。时间很慢，等奶奶的时候我就想，如果我也住在这个有梅花鹿的房子里，是不是奶奶也就不用种田了？种田的辛苦，大概我儿时就已知晓。奶奶时常半夜出门放水，我胆子小，一个人不敢待楼上，就在楼下等奶奶。那时客厅还有一台电视，我每夜看着《喜羊羊与灰太狼》，躺在藤椅上等奶奶回家。秋收的时候，奶奶经常带我去晒谷，晒谷要在马路上晒。奶奶会拿上水果、干粮和水，我坐在一把小椅子上，一坐就是一天。收谷的时候，我就帮着奶奶装袋，奶奶再用手拉车把谷袋拉回家。

等我走出紫洪山村的时候，奶奶还在种田。也不知道从什么时候开始，家里的田地被征收了，奶奶不用再种田了，变成了“失地农民”。失去土地的农民每月都会领到政府的补助金。奶奶拿着补助金，开始了退休生活。原来的田被改为阳明圆公园，种了很多花苗，我有时候骑车路过那块田，总会想起陪奶奶种田的日子。

小时候，紫洪溪是我见过的最大的溪河。小孩子们最爱在溪里蹚水。那时候不知道难为情，穿着裙子把裙子往裤子里一塞，就下到溪里去，紫洪溪一直很清澈，从水面往下看去，可以清楚地看见小鱼游来游去。我从小不会抓鱼，而我邻居抓鱼很厉害。她那双白胖的小手往水里一放就显得更胖了，但是这双小胖手很灵活，没有一条小鱼可以逃过她的“魔爪”，她一抓住鱼，我马上就递上可乐瓶，小鱼就被关起来了。

小时候玩的时间很多，小伙伴们还爱去溪里钓鱼。钓鱼要抓蚯蚓。我们在肥沃的土壤里挖来蚯蚓，用小玻璃罐装着，再拿上小店买的鱼钩、鱼线，带上竹棒子做的鱼竿，欢欢喜喜地跑到溪边去，觅一处阴凉地方开始钓鱼。夏天太阳很大，我们常常一钓就是一下午，微风吹着，鱼儿时不时地来试探下钓饵，有时候太阳落山时还一条鱼也没钓上，但心里仍是满满的快乐。

在溪里摸螺蛳也是一件趣事。溪埠上的大黑石上有青苔，青苔上都是螺蛳。溪埠都是村民自筹修筑的，这个溪埠到现在都还在使用。溪岸上还有石墩子可以坐，岸边还做了固定的搓衣板。紫洪溪贯穿了整个紫洪山村。小时候我们喜欢走水路，那个时候溪旁边就是山，我们靠着山边蹚水，很凉快。后来，出于保护环境，靠山的一边也被砌上长长的石坎，山与溪分开了。溪更清澈了，而山就在旁边守护着溪，对岸的房子慢慢变多，紫洪溪还一直是紫洪山村人的老朋友。

紫洪山村的每一片山都有秘密。我家附近有一口井，井上边的山坡上长满了类似金银花的花。我们小时候不懂，将它错认作金银花。花很香，我们摘来晒干，过家家的时候用，后来知道它是一味很珍贵的草药。那个井边还有小竹园，竹园边上长着一种很有韧性的草，我们经常拔来编手链，但是这种草很难找。我刚去城里时，还拔了去给城里的朋友看，但是他们不懂这种草的乐趣。

等我再回到村里后，井边的竹园不见了，那个长得像金银花的花也不在了，山坡被砌得很漂亮，那口井还在，我们还是来这里汲水，只是没有了竹园美景，古井独自美丽。

前几日，翻看村里资料的时候，翻到了一张白果树下的老照片，小时候的记忆立马被唤起。没走出紫洪山村时，白果树是我见过的最大的树，我们说一样东西高大，就说："那有白果树那么大吗？"到了外面以后，才发现外面世界很多事物可都比白果树大多了。

看到照片的时候，我邻居正在我旁边，我

们两个争论白果树下的商庙门口以前有没有拱门，我一直觉得是有的，她说没有，我们争论了很久，还翻出了各自留存的照片。我小时候白果树就是沿着商庙的围墙生长的，白果树根沿着围墙长到了路面上，小时候我还经常爬到那个树根上。我小时候没有像样的画板，我们几个小孩就拿着石头在围墙上画画，画的无非是长大后希望成为什么人，或者有大房子，或者走出小山村去看看繁华的城市。那个时候画这些涂鸦的我，大概永远也想不到，我会重返紫洪山村吧？小时候一直希望走出去的地方，长大后却是一直想回来的地方。

白果树下的墙壁是我们小孩最喜欢的，因为这块画花了都没人来骂。我们在墙上画满了涂鸦画，从墙头画到墙尾，不同的石头还可以画出不同的颜色，画得无聊了，就在商庙的拱门上靠着，这就是我最好的夏日午后啊！

当邻居和我说她儿时记忆中没有拱门的时候，我本来鲜明的记忆也变得模糊了。她说以前那一块是广场，她和小伙伴们在广场上抓虫子，拿青草叶子做果汁。她的记忆也是那么清晰。后来我才知道，拱门是有的，涂鸦的墙壁也有，广场也是有的，只是先有拱门后有广场。

在想起白果树下的拱门的那夜，我躺在床上，一直追溯记忆，我害怕那段美好的夏日记忆是我臆想出来的，原来白果树下那百来平方米的地方，在我不在村里的几年里，一次一次地变化，一次一次地变成新一代小孩的记忆。再也见不到的拱门和满墙涂鸦，它们都印在了我的心里。

村里这几年铺了沥青路，溪上还做了溪坝，与儿时那种自然的美截然不同。以前是粗头乱服的美，如今是略施粉黛的美，竹山、溪水、民居三者分开，又三者合一。我家对面的溪面上，总是有两只白鹭飞来飞去。望着它们轻盈的身影，我内心常被触动，紫洪山村不仅是这些可爱生灵的栖居地，也是我的诗意栖居地。

节气与农作

春分刚过，我忽然想写一篇关于二十四节气的文章，因为节气对农村人来说，太重要了。奶奶是老一辈人，家里一直挂着黄历，也就是农历。她问我日子，总是问今天几日，我说："20号。"她就再问一次，我就告诉她农历。农历就是农村的时间。

春季是农村农作最忙的时候。山间的青草日渐长高，绿茵茵的，春意盎然。但是奶奶并不乐意地里有那么多青草，她希望地里长满了青菜。冬季剩下的一些青菜都起了菜花，奶奶去菜地就将菜花摘回来，用热水烫一下，再挖一勺猪油放进去，很美味。小时候我经常吃油菜花朵，我觉得吃花朵是仙女做的事情。

春天播种，并不是什么都种，这时节种豆，夏天就可以吃。奶奶会种四季豆、蚕豆、南瓜、茄子、辣椒，有时奶奶会撒一点生菜籽和小白菜籽。小白菜成熟快，种子撒下几日，挂上自己做的简易棚子，任由其生长就可以。自己种的小白菜就是难洗，带的泥土多，但是一焯水便可以吃。午间吃饭时，奶奶说下午她要去地里排籽，说的排籽，就是自己在地里排下一粒粒种子，自己培育菜苗。种子都是去年秋收的时候留下的。农村都是如此，将秋收留下的种子装在一个个袋子里，到了来年春天再种下。秋天奶奶收了土豆，放在泡沫箱子里，一个冬天过去，春天去看，泡沫箱里的土豆就发芽了，看到那些新长出来的芽儿，春耕也就开始了。

我问奶奶，春天种豆子、茄子、辣椒，那到了夏天种什么，奶奶说，夏天那么热，种不了什么，挑水浇菜都来不及。立夏之后，春天排下的籽，已经长出好几寸高。奶奶就要抓紧施肥。农村地里食物健康的源头，我觉得就是肥料的健康。现在用的都是农家肥，如人和牛羊的粪尿。当然还有平时的一些菜叶也可以做肥料。现在是春季，春笋壳子也可以做肥料，奶奶挑了肥料就一担担地往菜地送去。

相比春季种菜时的轻松，到了夏季，种菜就变成了“苦差事”。奶奶的菜地零散，上到山脚下，下到另外一个自然村都有，面积都不大，每一块地都是奶奶自己开辟出来的，相距很远。立夏后，奶奶每天傍晚都要给这些菜去送水。盛水的工具都是村里手艺人做的，村里手艺人做的器物总带给人温暖的感觉。工具不贵，四五十元就可以买一套，这一套工具，可以用好几个四季。

夏天也是丰收的季节，春季种下的蚕豆，到了立夏就成熟了。在这里，立夏吃豆、立夏称重，都是习俗，小时候我们最期待的就是立

夏称重，那个时候没有电子秤，我们就一个个排队，老师拿着秤杆，我们就用手抓住秤钩，老师一提就可以称出斤两。长大后，对于称重变得习以为常，吸引我的就是奶奶种的蚕豆。奶奶收豆很极端，每次一收就全部收来，可以放满好多篮子。我和奶奶都很喜欢吃蚕豆，每次一煮就是一大锅，煮了蚕豆，就不怎么爱吃饭，我和奶奶就开始吃豆比赛。

夏季奶奶的四季豆、茄子也都成熟了，收成每年都不错。小暑左右，奶奶种的玉米也要成熟了，这边大多种的都是糯玉米。自己家种的玉米吃起来没有渣，甜糯的感觉让嘴巴很是享受。夏天的夜晚，紫洪山村人兴吃煮玉米。奶奶往往煮上很多，乘凉的时候，躺在藤椅上啃上一根玉米，便是夏夜最舒服的时光。

落霜是村里入秋的标识，连着几日降温后，清早起来看门口的花盆里便有一粒粒的霜。入秋的村子清晨冷得刺骨，早晨六点，天还没亮，要去上工的村民就已经早早赶路。我裹着睡衣，站在小阳台上，看着雾气缭绕的远山和肃穆的深林，深深呼吸入鼻而来的清新空气。秋天冷冽的空气总让人神清气爽。夜里打了霜，远处的树有些变黄、变红了，在这满山毛竹青山间，点缀得煞是好看，犹如古人的秋日山景图。下了楼，我赶紧去看我的花儿们，不知道昨夜的霜有没有冻着它们。

山上的雾气迟迟不散，秋日的暖阳照射到我家已近中午了。秋季的村子里，空气中弥漫着清淡的稻花香，很是好闻。我喜欢去田里闲逛，看看蔬菜花果，和农人闲聊，逗逗村里的各种小动物。村里的猫狗都不怕人，但我家门口溪上的白鹭胆子就很小。常常我去上班，和它正面相遇，它受惊后立马展翅而飞，沿着溪流，飞过竹林，飞到雾气缭绕的山头去。

深秋，村里人就会依恋太阳，追着太阳跑。最热闹的是银杏树下的卫生所。深秋的早上，太阳最早照在卫生所门口，一个个老人裹着大袄子坐在长椅上，面朝银杏树，看行人一个个走过，也看树叶一片片落下。

立秋之后，秋天的老南瓜一个个排满在家门口。以前爷爷在的时候，经常在门口挖南瓜籽。黄色南瓜在门口一字排开，很是喜庆。秋天该是种冬季菜蔬的时节，种些萝卜，再种些小白菜、芥菜。霜降之后，奶奶就要去挖红薯，我家是红薯大户，一来红薯可以给家里养的鸡鸭吃，二来奶奶自己就很喜欢吃红薯。收获红薯后，奶奶会选出小的红薯自己吃，也会选一些送人。与红薯一起收获的还有花玉米，这是奶奶引以为豪的，我不知道为什么她可以种出这样奇怪的玉米来，一个玉米有七八种颜色，别看丑，吃起来很好吃。秋玉米比夏玉米好吃很多，甜糯的感觉更加明显，只是秋玉米靠天生长，有时候收成不好，只能吃到几个。

冬吃萝卜。立冬前后，奶奶的萝卜便会有收成。奶奶自己不爱吃萝卜，她常说小时候不是吃萝卜就是吃萝卜丝粥，吃得已经是伤心伤肝了。我就说你不喜欢吃，为什么还要种呢?奶奶说，不种地就荒了，多多少少种一点萝卜，煮汤，煮汤的时候就可以吃。入冬时，煮一碗美味的鲫鱼萝卜汤，汤汁都能喝得一点都不剩。冬季天气总是晴好，吃不完的萝卜，奶奶会削成丝，晒萝卜丝吃。萝卜丝放多久都不会坏。我有时候还会做点腌萝卜，放在瓶子里，早餐喝粥的时候配着吃。

说话间，又到了立冬，又是一年寒来暑往。在村里的日子，一页页的老式日历翻过，日头夜间就在翻页间过去，我也越来越像个农村人，或者说我渐渐褪去了城市味。我习惯用节气去记住日子，我也习惯了随着节气的变化，吃些当季的食物。在农村生活的日子，我觉得自己总带着一股泥土味，这泥土味能让人敏锐地感知春分后的湿润、立夏后的燥热、秋分时的清爽，还有大雪后的冷冽。

我下辈子是想做一棵树的，具体做什么树还没想出来，但是我现下在农村，常想象自己是一棵树，随着季节一点点滋养自己。我也常和住在城里的朋友说，要多记节气，我们的身体会随着节气的变化而变化，燥热、油润都是节气给我们的信号。或许是在村里的这些日子，我可以更仔细地去感受四季变化吧！

慧敏

来村

石萍：慧敏是我在郑州游玩时在河南省博物馆认识的朋友。那时我们都在观赏同一个展品，她正巧也是落单的一个人，我俩就地组队，缘分大概就是如此妙不可言。我和慧敏趣味相投，总是有说不完的话。后来我邀请她来我家小住，来紫洪山村看看。她也正想体验田园生活，想吃地里新鲜的食物，就欣然接受了邀约。之前我也常邀请朋友来紫洪山村小住，朋友们常说，紫洪山村仿佛有种神奇的力量，能让她们解放天性，获得心灵的平静。慧敏是住得最久的，住了大概两个月。

慧敏：2022 年暑假，我第一次来到紫洪山村，石萍开着车带我进村，一路上我都在惊呼好多山，拿出手机对着美景疯狂拍照。作为一个平原人，我从小就梦想着可以住在山里面。这一次紫洪山村之旅，实现了我的梦想。入村那条路，左边都是山，山上绿葱葱的，好看极了。右边是村民的菜地。和我们家乡那边一大片一大片的菜地不一样，这里的菜地一小块一小块的。到了村口，一眼就看见那棵笔直的千年银杏树。在银杏树前有一条长廊，傍晚散步经过那里，看到很多人坐着谈天说地，日子过得很是惬意。穿过银杏树，村道在中间，一边是清溪，一边是民房，时不时还会出现几个叫“老台门”的建筑。它和四合院差不多，但是石萍说这是绍兴特色建筑，都有上百年的历史。我最中意的就是门前的小溪，一路走来，小溪里有人在洗菜、洗衣服、刷碗等。在之后住在这里的日子里，我也学着在溪里洗菜、洗衣服，溪水有股清甜的味道。这里的生活，和我梦想中的田园生活一模一样。平原上哪有这样清澈的小溪，这样别具一格的台门，这样郁郁葱葱的竹林？

石萍：慧敏来村里，我开车去接的她。载她回来的时候，我打开天窗，车子开进紫洪公路，两边的青山、沿路的梧桐树让慧敏一直惊呼“好美”，她拿出相机不停拍照。夏天在紫洪公路上开车是种享受，微风吹过，空气都是甜的。慧敏到了村里，对什么都是新奇的，她是中原来的，遇到这种江南小山村自然有不同的感受。我呢，一股脑地想让她把村里好玩的、好吃的都体验一番。慧敏和我说，来村里这几日，最大的变化就是皮肤，皮肤变得很滋润。大概是南方湿度大，而农村的空气又清新干净，我们这儿又是天然的氧吧，水土养人吧。我带慧敏在村里四处游逛，她总能发现新的美。她出门随身携带相机，遇到有意思的就拍下来。她还在我家对着后山的小阳台上架起相机，自动摄制记录云朵飘游的方向，她自己则窝在我的小沙发上看书，悠闲自在。慧敏还在紫洪山村附近找了一份工作，在城里的培训班任辅导老师。村里的公交直达，她和本地人一样赶早班车和末班车上下班。

慧敏：我记得石萍家的院子里种了许多花，门口就是青山，院外还有小溪环绕。在石萍的房间里，抬眼就能见到对面的竹园。虽然是夏天，过堂风穿过房间很凉快。一想到要在这里跟石萍一起生活一段时间，我内心就兴奋不已。

我们俩常常待在厨房里，石萍在大灶边忙碌，给我做好吃的，我则在一旁帮忙生火。她家灶台与我家完全不一样，烧的柴火也不一样，我们用玉米秆，她家用竹片，生起火来，感觉有股清香的竹子味。

七月第一天，石萍带我去爬山。前一晚，我们借好自行车，做好攻略。第二天天刚亮，我就被石萍叫醒。我们带上相机，背上小包，一人一辆自行车激情满满地出发了。夏日清晨的风很凉爽，还可以闻到昨天夜里雷雨下过后的雨水味。骑到一个岔路口，顺势一拐，就上坡了，石萍和我说这个村子也属于紫洪山村，叫下家坞，是紫洪山村的后花园，这个村子不大，整个村子都被青山包围着。自行车上不了山，我们就将自行车停在溪边竹园附近的老台门门口。山上的道路很隐蔽，走过一段崎岖的山路，再跨过一座村民自己做的便桥，才深入竹林。山坡越来越陡，我和石萍都不再说话，只听见喘气的声音。竹叶上的露水滴在身上，和汗水混杂在一起。石萍喊着："快些走，指不定可以赶上茶园日出。"这句话极大地鼓舞了我。我和石萍满身大汗赶到观景台的时候，恰巧赶上了日出，太阳刚露面，光从云中穿过，霞光万丈，这壮美的景色让身上的疲惫一消而散。我和石萍同时举起相机，记录下这一刻。从观景台往下望去，茶园、村庄、青山浮在云海中。茶园在半山腰，远处村里冒出一缕缕炊烟。下到村里时，石萍带着我逛了逛。这个村子名字很好听，叫云松村，它和紫洪山村隔着一座大山。云松村里旅游设施很齐全，民宿、小饭馆、研学基地，应有尽有。村里有大片茶园，茶园中间还别致地设计了一个大茶壶，茶壶口的水源源不断地喷出来。这就是浙江的农村吧！精致秀美。下山轻快许多了，乘着夏日早上的风，相机里和心里都是满满的美景。

石萍：我和慧敏最大的相同点，就是为了美景美照可以花费很多时间的人。慧敏来这里，我想带她翻过整座山去对面的云松村看看。云松村与紫洪山村的下家坞自然村虽只有一山之隔，但是两者气质迥然不同，下家坞古朴而云松时尚。云松村内设立了很多网红打卡点，一派新农村风貌。虽说是翻山过去，但是山路很平缓，我们登山大概只用了二十分钟，行在幽静的古道上，四周被竹林环绕，清凉的风吹过，沁人心脾。山道还是一块块小碎石头铺的，有古朴的韵味。

慧敏：来紫洪山村后，我和石萍经常去村里各处拍照，比如那棵银杏树、村里保护较好的老台门建筑、小溪里、水库等地方。印象比较深刻的是在小溪里和水库拍照！清晨空气凉爽宜人，我和石萍拿上家里的竹椅、竹篮、水果等道具来到小溪边。溪水很凉，非常清澈，很小的鱼从溪水里游过。我们在溪水里用竹篮打水，互相朝对方身上泼水，玩得很开心，回来前还拍了很多美照。去水库是在一个下午，我们背上相机便出发了，一路上，石萍细心地给我介绍着紫洪山村的历史文化，我当时太佩服她了！那么一个小小台门，她可以说出个长篇大论！那个水库是在半山腰。石萍说："水库是紫洪山村的命，每年汛期都要放水。如果村里有小朋友满月，小朋友的家人还会在这个水库里放生一条鲤鱼。"水库周围四面环山，几只野鸭在水面游来游去。我第一次看到湛蓝的水源，从山边望去，水库就像一颗蓝宝石。我们

站立在水库边上，山谷里有悠远的鸟鸣声传来，望着深不见底的水库，我有点明白石萍为什么说水库是紫洪山的命了。如果水库决堤，那紫洪山村可能会毁于洪水，难怪这水库要修得如此雄伟。

石萍：我让慧敏来村里，其实那个时候我们商量着两个人做自媒体，拍摄短视频来宣传紫洪山村。我看到过网上有很多人，住在农村拍照拍视频，引来很多网友关注。我觉得这或许是让外界了解到紫洪山村最好的办法。这次借着慧敏来村，我带着她在村里四处拍照，我当她的模特。每一处景点，我们都会提前搭配好相应的服装和道具。拍照的时候，我们两人大胆创作，我还发了朋友圈，勾起了很多村民对紫洪山村过去的回忆。这使我鼓足了勇气，在社交平台上以“村民小野”的账号上传了紫洪山村的照片，还配上了相应文字，希望有更多人看到紫洪山村，这次尝试反响寥寥。

后来我又尝试，在网上发了“关于我在村里的快乐时光”的帖子，这次倒引来了很多关注。现在还时常有人来问我在紫洪山村租房等问题。一直以来，我都非常希望紫洪山村能得到外界更多的关注，因为它是这么美这么有韵味的小山村呀！

卖笋干日记

我没想到，回村后我对卖笋干这件事情会上瘾。春季村里家家户户都晒笋干，但晒好的笋干大多都是送人，没有销路，没有盈利。

我家算得上是村里的笋干大户。父母的朋友很多，送出的笋干自然就多。奶奶到了出笋时节就开始忙碌，我每日帮奶奶收笋干便觉得这是辛苦活。正好我回村第二年，家里积了很多笋干，我看着村里来来往往的游客，就想着这么美味的土特产说不定有游客喜欢。第一次帮奶奶卖笋干是卖给苏州来的游客。他们是大巴车拉来的，一支“夕阳红”登山队，到紫洪山村的时候，已经快傍晚时分，我坐在家门口帮奶奶打包笋干，奶奶在切笋。奶奶很热情好客，她看见有那么多游客路过，连忙招呼他们尝尝笋干。我也赶忙搬来椅子，倒上茶水。这群苏州游客一嘴的普通话，我给奶奶翻译。奶奶直接拿出一大竹箩的笋干，请他们品尝。一位阿姨先开口：“小妹，这个笋干好吃，怎么卖？”我不懂笋干的市场价格，连忙翻译给奶奶，价格由她来定。奶奶报了一个很实在的价格。旅行团人多，一下子，竹箩里的笋干被一抢而空，还不够。我留下他们的微信，让他们一一发来订单。他们临走前，奶奶还送了他们一些新鲜笋。我和奶奶激动得连忙给爸爸打电话，让他空闲时就回村里来挖笋。那个笋干季奶奶卖了几十斤笋干，收入大概三千元。

我家地理位置得天独厚，靠着紫洪公路。家里煮笋干的时候，外面路过的游客会被香味吸引过来。一天我在客厅看书，一位游客敲门进来说："我要买笋干。"我愣住了，为什么单单会找到我家来？后来我才知道，这位叫秦人的游客之前来紫洪山村时，在爬山返程的路上，看见我父母在院子里切笋，好奇心起，过来和我父母聊了几句。我妈妈还送给他一些黄花笋，请他回去品尝一下。秦人说我家的笋味道泛甜，和肉煮在一起的味道太鲜美了。他想念这味道，就再次来紫洪山村找到了我家。可是不巧，那个时候笋干还没有开始做，我留了他微信，等有了一批笋干，就马上联系秦人。秦人是山西的，在绍兴经商，买去的笋干都寄回了老家，给家里人吃。这些年，秦人每年都会向我订购一些笋干。

来村里租住在老台门的外地朋友，他们也爱吃笋干，还会买了寄给各地的亲朋好友。我一想到远在各地的人吃到了从这小小村里出去的笋干，就开心不已。

奶奶独立卖笋干是在今年的一个星期六。我周六在外上课。周六天气一好，村里的游客便多。我在外吃饭，给奶奶打电话，奶奶说："哎哟，你可别给我打电话了，我现在卖笋干都来不及。"回家后，奶奶说："一上午我就没歇过，我给游客们装笋干，屋后住的大爷帮我过秤，邻居负责帮我收钱。"奶奶说幸好有他们帮忙，游客们讲的又都是普通话，她都听不懂。后来，我每周都着急着回家帮奶奶卖笋干。我还用相机拍下笋干成品的照片，发到了网上，也让妈妈发到抖音上。没想到，照片吸引了很多人，上海、杭州的客户都纷纷联系我们订购，家里的笋干马上就销售一空。

明年我打算在自己家门口支起一个小摊，在小桌上放一些各种口味的笋干，让过路游客品尝。卖笋干大概是我春季最爱做的事情，一想到山里的小小笋干能走出去了，我就骄傲不已。

骑行与夏日集市

杭州举办亚运会时，绍兴也有举办场地，别说全城都是运动味，就连村里也洋溢着运动气氛。村里还修缮了一条古道，古道有着好听的名字——“诗路环线”。环线可以通车，道路两旁都是秀丽的竹山，真有一种“如在镜中游”的感觉。这条古道现在要派上大用处，在这条古道上，要开展一个绍兴市的骑行活动，大概有百来人参加。真是不敢想，紫洪山村还会有这样盛大的运动活动。一想到百辆自行车穿行山间的画面，我就充满了期待。

这个活动从春天开始计划，一直没有定下日子来。活动的日子在夏天一定下来，大家热烈的情绪一下子就被激发了，办公室一下子也炸开了，非常热闹，你一句我一句的，纷纷为这次活动出谋划策。主办方与我联系，要求骑行完之后，村里提供一块场地来做夏日集市，现在可是最流行集市了。

我先是很激动的，那种激动是说话都颤抖的。我连忙奔走相告，告诉村民们要办夏日集市，展览必要的农产品和农家果蔬，要凸显我们紫洪山村的特色。村里一些年龄偏大的工作人员，将现在流行的集市和村口的菜市场混为一谈。我找出图片给他们看，和他们解释这是新型的摊位，大家出摊展览出售自己的一些富有特色的手工小玩意。但是既然我们是村里的集市，那么展览售卖的物品，肯定也要和紫洪山村有关。我们几个村委集思广益。我联系住在老台门从事植物扎染的租户老姜。植物扎染工艺是非物质文化遗产，而且老姜家就传承了这门手艺。老姜爽快地答应出摊，一来是售卖一些成品，二来也可以让更多的人了解到植物扎染。如果能来紫洪山村的人，游玩之余还可以了解到一门传统手艺，非常有意义！

村委的老同事们出谋划策，都纷纷联系村民出摊。现在流行绿色有机蔬菜，这也是紫洪山村的亮点。村民们也都积极响应，南瓜、葫芦、青菜等各种长相可喜的果蔬还有独具风味的笋干都准备好了“闪亮登场”。摊位筹备很顺利，村里的年轻人听到消息也纷纷报名出摊，有来出售自己手工面条的，有出售私房小吃的，有出售新鲜茶叶的，摊位一下子就征集满了。

骑行活动开始前，村委组织村民们把沿路

都收拾得干干净净。活动开始前一天，主办方搭建的活动棚一下子把村里的运动气氛激发起来了。村民们一看到这些新奇的摊位架子在村里搭建起来，都充满了期待和兴奋。整个村子弥漫着一种节日的欢庆气氛。骑行活动成了紫洪山村最热门的话题，所有村民都能说上一说。

骑行当日，全村出动，从村口开始就有人专门管理来往车辆，看热闹的村民围得村口里三圈外三圈，一辆辆五彩的自行车从村里穿行而过，打破了千年古村的寂静。村民们为那些

不认识的选手加油鼓掌，摇旗呐喊，脸上都笑开了花。到了集市营业的时候，有村民见那些选手拿着券到处在各个摊位上购买，来问我：“我没有参加比赛，能不能买？”为了满足村民的好奇心，最后集市活动大开放，不单服务选手，还开放给所有村民。有些村民看见那些小玩意儿，笑得眼睛都眯起来了。千年银杏树下的现代集市上，身着彩色服饰的选手和淳朴的村民穿梭其间，天空上的白云也含笑看着这一幕。

借着亚运会，紫洪山也“青春”了一把，

时髦的集市、健康的运动让紫洪山村这个天然氧吧广为人知。我希望这些活动可以多来紫洪山村，我们热烈欢迎。

王老书记

村里王老书记面目严冷，目光如冰，不苟言笑，身边的人见了都因他本身自带威严的压迫感而有点“怕”他。我从小一见到老书记，便躲得远远的。老书记是我舅婆的妹妹的老公。农村总是这样，曲折的关系下，我应该喊他一声舅公或者小爷爷，但我永远都是喊不出口的。也因为他和我有些讲不清又很远的亲戚关系，当我要来村委工作的时候，为了避嫌的老书记让我慎重考虑，他觉得这不是我最好的选择。到村委后，我一直提醒自己，一定要努力，不能让大家觉得我有这层薄纱般的关系而得到了一些关照。

老书记是一位有独立思想的人，也是一个六十多岁开车很“野”的人。他油门一踩仿佛就会忘记自己已经六十多岁了。我和师傅说：“他开起车来，哪像62岁，简直像26岁的年轻人。”师傅也表示认同。开车风格也能在一定程度上反映做事风格。老书记做起事情来雷厉风行，敢想敢做，又勇于担责。村里人常说：“他来当书记是真的一心一意为了老百姓。”

老书记是国土所退休人员，本应该颐养天

年，可谁料他退休那年，之前紫洪山村的书记因故不能继续任职，村不可一日无主，街道就找到了老书记，希望他可以来担任紫洪山村的书记。其实“书记”这个工作是“恶人”工作，在村里做领导会得罪很多人。老书记一开始就拒绝了。但街道三番五次请他出山，他盛情难却，只好答应做一届的书记，果真他做完一届书记后，丝毫不拖泥带水，在 2020 年换届选举完后，就离开岗位了。

高中老师说过：“到了社会，很多人都会成为你的老师，如果幸运的话，还能遇到真正引导你成长的老师。”在我心里，老书记便是引导我在工作中一路成长的老师。老书记观念很开放，他觉得紫洪山村这样的千年古村，一方面不能丢弃自己的优秀传统，要保护好古树、古道、古建筑；另一方面要跟上时代的步伐，与时俱进。紫洪山村的未来离不开年轻人。他给了我们年轻人充分的信任感，我很感激他。他不仅放心让我做事情，还给我支持，这使我在农村的工作之路走得那么踏实。

我记得，刚来村里的时候，我的摄影工具

只是我自己手上的一部智能手机。我一点点摸索手机摄影。报纸上、公众号上多次刊登我拍的紫洪山村照片后，老书记提议给村里置办一台专业相机，让我用相机去记录紫洪山村的变化。拿到相机后，他给我指派的第一个任务就是拍村里的老台门，并做成推介PPT，方便他开推介会的时候对外宣传。老书记四处“栽花”，引来了慕名而来的外地人来村里租房子。

老书记心思总是很缜密，处处为紫洪山村的未来着想。紫洪山村原来进村的公路不宽，只有一条沿山而建的小村路，中间还绕山转了一个大弯，这里是视线盲区，常年易发交通事故。沿山路没有砌坎，一下大雨总有几处地方会滑坡。老书记回村第一件事情就是把这条沿山小路拓宽，把原来的大弯路拉直。这可是村里顶大的事情了。挖机开到村里。开挖山体，弯出来的山头被挖得笔直。浇筑公路是晚上进行的，夜里压路车、水泥搅拌车开进村里。我去看夜戏时经过工地，看到老书记一直在工地旁指点，已经很晚了，周围乌漆麻黑的，只有施工路段灯火通明。

现在开车经过那条路，看着新路，我已经想不起来原来的路有多闭塞了，只记得现在的路一马平川。

老书记在任的两年半做的都是大事情。紫洪山村闻名的高湾水库，是一个半山水库，爬上水库高坡可以俯瞰整个高湾自然村，但是水库在20世纪80年代修缮过后就再也没有进行维修了。有村民反映水库有渗流情况。水库载体大，又地处高地，遇到汛期，水库渗流问题只会越来越严重。老书记联系街道农业管理部门，又专门请了水利部门的领导到水库实地勘测，成功争取到上级部门对水库维修的支持。修水库不是件易事。紧锣密鼓开始整修水库的时候，整个大水库放闸，全村村民都去水库里抓鱼。高湾水库是我们的“龙门”，小时候小朋友满月的时候，父母就会去水库里放生鲤鱼。水库放闸那几天，村里天天传谁抓了几斤的鲤鱼、几斤的胖头鱼。我也赶着凑热闹，去水库边去摸螺蛳。大大的水库被放得一点水都不剩，看上去荒凉极了。

水库修建是在七八月份。最热的时候，老

书记也每日到水库去监工。老书记“心眼多”。修水库不是可以偷懒的工程，他请来村里有些学识又懂点水利的村民来监督工程。水库于2019 年的年底修缮完成，菱形的砖土块一块块搭建起高坡，现在水库成了紫洪山村的必到的打卡点。

除了推进村庄的基础建设外，老书记在紫洪山村还建立了一个乡村博物馆，也就是兰亭侨文化馆。要知道一个村里有一个关于村庄文化的博物馆，无论大小，这都是一个村的文化底蕴的象征。侨文化馆修建在老台门内。老书记知道这个侨文化馆对于紫洪山村的意义，他要求修建侨文化馆的施工队一定要有古建筑修缮经验，用材一定要好。老书记三天两头去工地监工，我们私底下开玩笑，他本来长得就威严，往工地一站，估计谁都不敢懈怠了吧?

老书记十分注重村庄文化建设。除了修建侨文化馆，村口的长廊也被他利用起来宣传民俗文化。老书记请管乡贤文化的姚伯伯整理资料，把紫洪山村最有名的十几位乡贤的照片和主要事迹制作成宣传图片，挂在长廊圆柱子上。老书记说：“把村里的乡贤挂在村口，这样游客一来，就知道我们紫洪山村有多厉害了。”他还重新修缮了一座“紫洪亭”。紫洪亭原来是公交车候车亭，现在被修成了仿古式的亭子，亭内的文字内容是村民自发来写的。一手漂亮的书法再加上仿古的亭子，让游客总是停下脚步拍照纪念。

老书记还在村里铺设了沥青马路。绿的山，白的墙，黑的路，紫洪山村不仅变美了，而且变得欣欣向荣。

我很敬佩老书记。他不单单关心民生工程，还关心民生福利。他提出给70岁以上老年人年底慰问金，还提出村民环境卫生制度，用福利去约束村民。短短两年，村里环境卫生有了一个质的飞跃。村民们时常念叨老书记——这个每天下村，甚至下溪清理溪道的书记；这个公事公办，为民为村的书记。即使现在老书记退任，我每次见到他还是喊书记，我总是喊不出舅公或者小爷爷，因为在我心里，他永远都是紫洪山村的书记。

梅雨与台门

生在江南地区，梅雨时节对我们来说是一个又爱又恨的季节。我对于梅雨季节有了更深的感受是回村后。在城里住在高高的楼房里，双脚踩不着泥土，是感受不到季节的变化的。回到村里，四季分明，节气清晰，人的感受就异常敏锐。在入梅的前几天，家里的瓷砖开始有了水痕，天被压得很低，照着奶奶的经验看，马上就要入梅了。入梅前两天大大方方地落了几场雨。山里的雨是有灵气的，入夏后的农作物都是靠天上的雨水滋养。入梅落的雨到了山上，站在家门口，对着山望去，是可以听见雨水钻进泥土里的声音的。城里的雨声都是雨滴落到雨棚上的“吧嗒吧嗒”声，山里的雨声则是落进竹林地里的“沙沙沙沙”声，真有一种“竹斋眠听雨，梦里长青苔”的诗意。入梅的村里让人觉得仙气缭绕。夜里下的雨，清早打开窗户望去，满山山雾缭绕，白的雾，绿的山，江南水墨画卷在眼前徐徐打开。在这几年里，我每次遇到这样的景色，心里总会雀跃。山间的雾，一点点上升，一点点晕染开，雾中好似有神仙出没，我总是对着这种美景发呆，山里的雨和雾就是这样迷人。

村里的梅雨季节里，还有一种气味。村里有很多老台门，台门都是木质结构。雨落到那个百年木质结构的屋子里，散发出一阵阵木头发霉的味道，那种味道是香味，我觉得是。有时候有外地来的朋友，我便拉着她们去台门里

吸味道，然后和她们说：“如果绍兴有味道，那就是这种味道。”我对气味有着独特的喜好。老台门散发的香味可以让人想起小时候被妈妈抱在怀里的感觉，是一种令人安心的味道。到了落雨时，我会一个人跑到台门里，贪婪地呼吸这种味道。风声骚骚，雨水沿着屋檐从瓦片上滴落，雨水连成珠，滴在了一块块青苔地上，溅起小水花。一日下雨，我和朋友去台门里拍照，我俩进入台门庭院，院中无人，静静的，只有雨声，我们默契地保持安静，听着彼此“咚咚”的心跳声。这处有百年历史的空间总能让浮躁的心一下子变得清净、柔软下来。出来后，我对朋友说：“如果有把椅子，我们再拿本书，就可在这里‘偷得浮生半日闲’了。”

村里的台门大多都是明清时期建的，如今村里零零散散地还保存了十几处台门。

这些台门各有特色，雕栏画柱，很是精美。有一处台门，我每次见到都会伤感半天。这处台门是我和师傅下村的时候，师傅带我去的。他指着这处台门对我说：“这个台门和其他台门不一样，这个是‘小姐台门’。”我心生疑惑：

“台门还分小姐不小姐的？”台门内已经杂草丛生，瓦片碎落一地，有一种凄清的感觉。我师傅点了根烟，站在台门口解释：“为什么说是‘小姐台门’？因为这个台门没有走廊，但是二楼的阁楼比一楼的做得大，古时候的小姐在出嫁前是不下楼的嘛，所以二楼就大一点，一楼就小一点。”我望去，还真是这样，二楼比一楼足足大出一块走道的面积。我好奇地问师傅：“那小姐的父母不和她一起住？”师傅说：“小姐父母住在隔壁的台门，一楼住下人。”“那这是谁家的小姐？”“谁家小姐我说不上来，只知道好像是姓章的人家，也是大户人家。”

我和师傅激烈地讨论着这个台门最初的主人，我对这位章姓小姐充满了想象。我这么爱自由的人，完全无法想象小姐在出嫁前的大部分时光就被锁在这个二楼上。幸好我生长在了新时代。现在的“小姐台门”，人来人往，可能没人会想到这里以前有位小姐，这里曾经是她的“牢笼”。时光流逝，百年巨变，现在我每次看到这个台门，总是觉得五味杂陈……

梅雨与台门大概是紫洪山村最深的乡愁了吧……

图书在版编目（CIP）数据

90后村官的田园牧歌 / 朱石萍著. -- 武汉 : 湖北教育出版社, 2024.10
ISBN 978-7-5564-6179-0

Ⅰ. ①9… Ⅱ. ①朱… Ⅲ. ①散文集－中国－当代 Ⅳ. ①I267

中国国家版本馆CIP数据核字(2024)第044910号

90 后村官的田园牧歌　90 HOU CUNGUAN DE TIANYUAN MUGE

出品人　方　平
责任编辑　方　倍　　责任校对　李庆华
封面设计　何亦明　　责任督印　刘牧原

出版发行　长江出版传媒　430070　武汉市雄楚大道 268 号
　　　　　湖北教育出版社　430070　武汉市雄楚大道 268 号
经　　销　新华书店
网　　址　http://www.hbedup.com
印　　刷　武汉市新华印刷有限责任公司
地　　址　武汉市江夏区大桥新区邢远长街 18 号
开　　本　880mm×1230mm　1/32
印　　张　5.75
字　　数　85 千字
版　　次　2024 年 10 月第 1 版
印　　次　2024 年 10 月第 1 次印刷
书　　号　ISBN 978-7-5564-6179-0
定　　价　30.00 元